可爱的时光，可爱的你

KEAIDESHIGU

KEAIDENI

希雅 著

天津出版传媒集团
天津人民出版社

图书在版编目（CIP）数据

可爱的时光，可爱的你 / 希雅著. -- 天津 ：天津人民出版社，2018.3
ISBN 978-7-201-12919-8

Ⅰ. ①可… Ⅱ. ①希… Ⅲ. ①长篇小说－中国－当代 Ⅳ. ①I247.5

中国版本图书馆CIP数据核字(2018)第030312号

可爱的时光，可爱的你
KEAI DE SHIGUANG,KEAI DE NI

出　　版　天津人民出版社
出 版 人　黄　沛
地　　址　天津市和平区西康路35号康岳大厦
邮政编码　300051
邮购电话　（022）23332469
网　　址　http：//www.tjrmcbs.com
电子信箱　tjrmcbs@126.com

责任编辑　玮丽斯
策划编辑　蔡　晔　杨　秀
装帧设计　杨思慧　胡万莲

制版印刷　湖南凌宇纸品有限公司
经　　销　新华书店
开　　本　880毫米×1230毫米　1/32
印　　张　9
字　　数　187千字
版权印次　2018年3月第1版　2018年3月第1次印刷
定　　价　28.00元

目录

KEAIDESHIGUANG
KEAIDENI

目录

KEAIDESHIGUANG
KEAIDENI

楔子

KEAIDESHIGUANG
KEAIDENI

午后落雨，淅淅沥沥，水渍下的泥坑开始浮出蜗牛的身影。

现下正是蔷薇盛放的季节，藤架上的蔷薇连绵在一起，在雨水的浇灌下，展露鲜红花苞。

叶欣欣推着轮椅滑到落地窗旁，透明的玻璃被雨花砸出一个个水印，宛如大自然浑然天成的画作。

不多时，实木门的那头传来了“咚咚”的敲门声，伴随而来的是一个甜美的女音：“叶老师，我是《画风时尚》的编辑，之前有跟您预约过，特来采访。”

叶欣欣把思绪从窗外的雨景抽了回来，她扭头应道：“进来吧！”

或许是有了她的同意，实木门被拉开了一条缝，随后走进一位模样清秀的小姑娘，她背着黑色双肩包，略局促地扫视了整个房间后，不禁发出了感慨："哇！"

"你很惊讶吗？"叶欣欣举止自然地端起面前的咖啡，吮了一口，问道。

"很惊讶，简直可以说是不可思议！"小姑娘有些兴奋地抬着头，从天花板看到四面墙。

在这间小小的屋子里挂满了摄影照，每一张约有14寸大小，上面有西湖美景也有尼泊尔雪山，每一张的风景不同，拍摄的角度也不同。

叶欣欣听到来访的小姑娘用"不可思议"来评价满目琳琅的照片时，忍不住笑了起来，她逆着光，像是自言，又像是在和她说话，叶欣欣道："的确不可思议，因为我的灵感全部来自于这些照片。"

小姑娘连忙点了点头，她也不再浪费时间，恭恭敬敬地坐到了叶欣欣对面，然后掏出笔纸，问道："叶老师，你被誉为静态油画大师，对此你自己怎么看？"

"大师称不上，只能说我比别人更擅长观察自然。"

女孩马不停蹄地记录着叶欣欣的话，她顿了顿，继续问道："刚刚我进来的时候有注意到老师您的腿脚不太方便，那请问您的画作的灵感是从哪里来的？"

叶欣欣显然猜到了女孩会问这个问题，她理了理耳边的碎发，重新把目光投向窗外，娓娓道："这是一个很长的故事，你确定要听吗？会耽误你很多时间的。"

"老师，您讲就是了。"做笔录的小姑娘眉眼弯弯，清新的模样让人心生好感，她说道：“我们的职业就是倾听和记录，我来此也是希望您能把您的故事分享给我们。”

“那好。”叶欣欣放下端了许久的咖啡杯，双手交织在膝盖上，说道，“那要从我生命中的两个贵人说起，他们分别叫叶泽和林轩……”

第一章

KEAIDESHIGUANG KEAIDENI

01

在可爱的时光遇见你

他的记忆里总有这样一个女生，她不漂亮，喜欢穿长款连衣裙，会笨拙地抬着旅行箱，会用手机备忘录记录着所去过的每一个地方，他习惯这样叫她："小傻瓜"。

01

2010年的夏季，北郊的杜家湾机场挤满了来来往往的旅客，苏然有些费劲地拎着粉色的旅行箱，搭着电梯到了二楼。

二楼的状况并不比一楼好，她一手拿着登机牌，一手拎着箱子，站在液晶大屏幕前足足十分钟才找到自己的航班。

上面显示飞机早已在二十分钟前起飞，苏然像个迷路的小孩一样委屈地站在航班屏幕前晃荡了几十分钟，最后在工作人员的帮助下买了下一班的飞机。

就这样，她乘坐的飞机从五点一刻变成了晚上十点，二十分钟的迟到换来了五个多小时的等待。

即便这样，苏然也不得不认命地坐在机场候机室里等待。晚间八点的时候，她开始有了睡意，于是从附近的咖啡店里买了一杯浓缩咖啡。

苏然拿着咖啡走到了候机厅的落地窗前，透过干净的窗户，她能看到外面的飞机，除此之外还有来回走动的工作人员，苏然小口吸着滚烫的咖啡，想起了这次的旅行准备。

如果让苏然用一个词来形容自己，那就是“平凡”，与青春小说里那些大起大伏的主角命运不同，她的命运就跟书里的路人甲一样。

自从上了初中，她就没有再拿过三好学生奖，成绩一直不温不火，徘徊在中游。她害怕数学，最喜欢英文，从未谈过恋爱，但是在高一的时候有暗恋过一个学长。

有几个闺蜜，也有一些网上的知心朋友，她的日子从未因谁而改变过，也从未有人特别地去分析过她。

苏然觉得活了十八年，她最大的一次改变就是此时此刻的旅行。高三毕业，意味着一个分水岭，在得到父母的支持后，她奔上了独自旅行的道路。

苏然低头晃了晃手中的咖啡，将杯底的液体喝尽后，看了一眼时间，还有半个小时登机，此时她所要登机的3号通道口那里已经开始陆续有人排队。

苏然不着急排队，或许是心态的问题，此时的她更倾向于坐在外围的座位上翻看杂志，打发这略微有些无聊的时间。

候机室的杂志有很多，大部分都跟旅游相关，苏然随意地拿起一本蓝皮的杂志，在翻页的瞬间，她就被吸引了。

蓝皮杂志的内页用樱花粉色调的字体写着一句英文：you only live once。

“You only live once。”苏然用手摩挲着字迹，轻声念了出来，这句话翻译过来的意思是“人生只有一次”。

这句话的字面意思看起来十分简单，其中的寓意却很深刻。因为“人生只有一次”，所以我们该突破世俗观念的束缚，勇敢地选择自己想要的生活。而这次一个人的旅行，便是苏然十八年来做出的最为勇敢的一次选择。

苏然想到这里定了定神，她将杂志往后翻，就在这时，候机室的广播响起：“前往S市的旅客请注意，您乘坐的CA2666次航班现在开始登机，请携带好您的随身物品，出示登机牌，由3号登机口上17号飞机，祝您旅途愉快，谢谢……”

苏然听到广播，连忙将刚翻开的杂志合上，她轻轻拍了拍有点疲倦的面容，然后拎着旅行箱往登机口走。

晚间十点，杜家湾机场的天空蓝中泛着黑，宛如银钻般的星辰闪烁不止，她拖着箱子，跟着队伍上了飞机。

不知是喝了咖啡的缘故，还是出发在即的兴奋感，她开始期待起这场人生的第一次独行。

02

午夜的晚风为盛夏的城市平添少许凉爽。

拎着旅行箱下机的苏然边出通道边将手机开机，早在飞机上苏然就看到了S市的全景，即便是高空夜景，她也能感受到这座城市的绚丽。

下机后，她没有像许多乘客那样拎包匆匆走出机场，而是调出手机的备忘录，在上面记录第一条信息：乘坐午夜飞机，看到了很美的高空夜景。

当她输入完这段文字后，才重新步入通道，绕过长长的回廊，她走进了S市机场，即便现在是午夜，可机场里依然人声鼎沸。

苏然提着箱子，越过人群，直奔到机场外。出了机场，就像到了另一个世界般，与嘈杂的机场内不同，外面十分沉寂，除了偶尔停在路边的出租车外，再无其他。

苏然拎着箱子往外走了走，直到看到马路她才停下来。她将箱子放好，站在路边停靠，轻轻伸了一个懒腰，在决定旅游前苏然就做了各种各样的小调查，到最后她才选定来S市旅游。

对于这个美丽的海滨城市，苏然有过很多憧憬，当真正到达后她才发现，这里比她想象中更美，或许是气候的原因，也或许是环境的原因。空气里总是夹杂着若有若无的海咸味，她坐在旅行箱上，一抬眼就能看到星星。

苏然将食指和拇指对框，比出一个长方形，她对着框架看着天上的星星。眼下的情形让她想起了曾看过的电影情节，她记得电影里的女主人公也是这样，来到某处旅游，然后站在风景台上呐喊。

当时看电影的时候，她还觉得电影里的女主人公站在风景台上呐喊的姿态蠢极了，然而真当她抵达这里时竟也萌生了和那个女主人公一样的心态。

兴奋、期待，还有一点点想要分享的心情。苏然抿了抿嘴，放下了还在比框的手指。她站起身，悄然地看了看马路两旁，趁着现在无人，她学着那个电影女主人公，双手举起，闭着眼，鼓足了气，喊道：“S市，我来了！”

当她喊完这一遍的时候，心就像被重击了一样，全身的血液都跟着燃烧起来，这种感觉就像走在沙漠里的人突然喝了一口冰镇可乐一样，意外地舒爽。

苏然睁开眼睛，她再次看了看周围，便再一次地举手，蹦跳着大喊道：“S市，我来了！”

就在苏然喊完准备伸个懒腰时，身后突然传来了一个“咔嚓”声，伴随而来的还有闪光灯的声音。

苏然突然警惕了起来，她扭头看向身后。不知什么时候她身后站了一个男生，对方上身穿着米白色的衬衫，下身穿着格子裤，背着一个双肩包，左手边放着一个黑色旅行箱，右手拎着一个相机。

苏然看到这里也多少意识到自己被偷拍了。她皱了皱眉，和男生对视了几分钟。借着薄弱的路灯，苏然看清那个男生有着一米八左右的身高，皮肤很白，起码在苏然的记忆里没见过比他更白的男生了，他留着最常见的寸头，一双弯弯的眉眼带着几分调皮的味道。

他也知道苏然发现他偷拍的事情了，然而他既没有道歉，也没有表示删照片，而是沉默地看着她，好看的眼眸静静地打量着苏然，这反而让她有些不知所措了。

沉默周旋在两个人之间几分钟，最终以苏然不计较作为结束。不是她不想计较，而是现在三更半夜，对方又是男生，她一个人出门在外，如果发生什么争执的话，吃亏的人总归会是她。

为了自身安全着想，苏然只能认命地当没发生过这事儿，打车离开再说。只是这样离开苏然又觉得心里不舒服，她抿了抿嘴，无声地冲身后的男生龇了龇她尖尖的小虎牙，又比了比她干瘪到不行的肱二头肌，然后她才拖着旅行箱往下一个路口走去。

大概是她的威胁太弱了，又或者是对方没想到她会选用这么无声的威胁方式，当她拖着箱子离开时，清楚地听到男生发出了一声轻笑。

“呵”的一声，苏然皱了皱眉，原本的大好心情消失了一半，有那么一瞬间，她都想扔箱子、撸袖子地跟对方讲道理，让他删照片，但是这个念头仅仅在她脑子里晃荡了一圈就被甩出去了。

苏然抓紧了箱子，然后略带生气地丢给了对方一个后脑勺。

当苏然拎箱走到下一个路口的时候，正巧看到了机场大巴，她连忙跑过去买票上车。上去的时候车内正好只剩下一个位置，苏然把行李箱放好，坐到了里座。

座位靠窗，正好满足了她观看沿途风景的需求。

大巴车缓缓前行，暗灯下，大巴车里的呼噜声此起彼伏，安静的车内与窗外闪过的风景一样，带着几分夜晚的静谧。

在这样的气氛里，苏然本来不悦的心情也好了许多。她倚靠着车垫，默默地数着闪过的大树，盘算着一会儿去青年旅社该怎么安排，之后怎么规划这次的旅行，带着这样的想法，苏然也开始有了几分睡意。

大巴还在行驶，刚才在机场的小插曲被她甩入脑后，她没有想过就是这样一个被她认定为“糟糕”的男生，却在之后以一种“润物细无声”的方式入侵她的世界，改变她的人生。

03

城市的后半夜总要比前半夜冷，当苏然随着大流下车时，忍不住打了一个哆嗦，她吸了吸鼻子，打开手机地图寻找预订的青年旅社。

大概是受一些驴友的旅游攻略影响，相比一些网站推荐的高档酒店，她更喜欢选一些具有特色的青年旅社。

苏然看了半天地图，最后半猜半疑地沿着地图推荐路线走去。对于一个分不清东南西北的人来说，只有“上下左右”标识的电子地图简直成了出门在外的必备神器。

苏然在地图的指示下走了约二十多分钟，才终于看到了青旅的牌子。黑木底，白色的字体，外框被五颜六色的小塑料灯包围，远远看去还算明显。

苏然费劲地拎着箱子进了店里。

“你好，我姓苏，之前在网上预订了一间大床房。”

“好的，请稍等下。”接待她的是旅店的老板娘，年龄在三十岁左右，说话轻声细语，给人一种很温柔的感觉。

老板娘大概看了一眼记录本，然后笑着递给她一张房卡，说道：“0312房间，上楼左手边第一间房就是。”

“谢谢。”苏然礼貌地道了一声谢后，接过房牌往楼上走。大概是夜间机票便宜的关系，晚上来报到的人不在少数，她前脚刚走，后脚就来了登记的人。

苏然拖着旅行箱，一点点地挪往二楼。青旅的装潢很普通，白墙木梯搭配着橘黄灯，虽然普通但是给人一种温馨的舒适感。

眼看就快爬上楼梯尽头的时候，一个温和声音在苏然身后响起：“请问需要帮忙吗？”

“啊，不用，我快上去了，谢谢啊！”苏然头也不回地拒绝了，因为木梯设计得比较高窄的缘故，苏然拎箱爬楼梯的速度会比较慢，因为要一格一格地上。等到她爬上二楼站在自己房间门口准备开门时，身后的男声再次响了起来。

“咦，你住在这间房吗？我就住在你对面。”又是这个温和的声音，出于之前她爬楼梯时对方提出帮忙，苏然对声音的主人留下了一个不错的印象。

苏然点点头，这才想起她从搬上来到现在还没有正眼看过这个人一眼，于是回头看向了和她搭讪的男生。

米白色的衬衫、格子裤以及那再明显不过的照相机，瞬间让苏然有种吃了苍蝇的感觉。

“你……你……”

“真巧。”男生显然早已认出了苏然，他勾起一抹笑容，说道，“我看你拎箱子好像很吃力，需要我帮你放进去吗？”

“不用！”苏然立刻双手交叉摆出一副拒绝的姿态。

对于苏然的反应，男生也只是耸耸肩，站在苏然对面的房间口打量着她，轻声补充道：“那就算了。”

苏然对于男生的态度十分敏感，她轻哼了一声，准备转头进房间的时候，也不知是不是转头动作幅度太大的关系，她一转头就撞在了门上，硬是“蹬蹬蹬”地退后了三步。

苏然捂着额头痛得张了张嘴巴，这一下撞门不仅让她痛到说不出话，更是让她尴尬地想找个地缝钻进去。

当下，苏然连看对方的勇气都没有，直接拽着旅行箱，匆匆用房卡刷门进了房间。而在关门前她又听到对方那轻轻的笑声，同时还增加了一句台词“小傻瓜”。

“你才是傻瓜呢，你全家都是傻瓜！”苏然背靠着房门，一边捂着额头，一边气鼓鼓地反击道，即便她知道这样说也没人听到，但是嘴上还是不服输地嘟囔着。

简单收拾了一下行李后，苏然看了看额头被撞过的地方，虽然有点红肿，但是问题不大。

奔波了一晚上，此时的苏然早已困得睁不开眼了。她洗漱完后，仰头栽倒在床上。旅店里的床虽然比不上自家的大床，但是也算柔软，最主要的是累了一天的她根本已经不挑剔了。

04

这一睡，苏然也不知道自己睡了多久。只是迷迷糊糊间她像是在做梦，梦见自己在云游四海，见识了许多未曾见过的事或人。

随着时间的推移，梦里的事物越来越模糊，意识越来越清晰。就在这时，苏然听到了“砰砰砰”的敲门声，像是敲鼓的声音，节奏分明。

苏然翻了个身，本不打算理会的，但是这个声音越来越清晰，苏然皱了皱眉，这才想起自己在旅馆，人生地不熟的会是谁来找她？

难道是旅店老板娘？

苏然立马清醒了过来，她起身，一脸睡相地打开了房门，结果映入眼帘的不是旅店的老板娘，而是对面房间的那个男生。说实话，像这样一个晚上跟同一个人连遇两次，而且他人还住在对面，按理来说苏然会主动示好，但是鉴于之前的种种，此刻的苏然只想关门。

甚至可以说，她都后悔没问清楚就开门。

察觉到苏然要关门的男生立刻伸脚抵住了门板，说道：“等等。”

“干什么？”苏然并没有很用力地关门，因此也没伤害到对方。她皱眉地看着男生的动作，默默把警惕值拉到了最高。

“你还在生气啊？”男生抵住门板，也看出苏然神情中的不悦。他歪着头，举了举手中的塑料袋，说道，“你先别生气了，我带了点吃的过来，就算给你赔罪，好不好？我也不是故意笑你的，就是……一时没忍住！”

苏然本来消了一半的怒火，在听到男生的后半句话后，差点又烧了起来，什么叫没忍住！她鼓着腮帮，刚准备回击两句的时候，肚子比她嘴巴率先提出了抗议。

“咕咕咕”的响声让男生怔了怔，随后他似是理解地露出几分笑容，殷勤地将手中的袋子递上前，细细说道：“我不知道你喜欢吃什么，所以买了S市的特产，我看你一整天都没出门了，估计也饿了。”

苏然这才意识到了不对，她连忙抓住对方问道：“一整天？”

“对啊。”男生拿出手机，给苏然看了一眼时间，说道，“现在是晚上十点。”

“天啊！”苏然怔住了，按照他话里的意思，她躺在床上睡了一整天？虽然苏然平常放假也有熬通宵睡一天的嗜好，但是一想到旅行期间这样白白浪费时间，她就有一种捶胸顿足的心痛感。

男生看着苏然半天不说话一脸纠结的模样，也不再多说话，直接拉过她的手，然后把塑料袋塞到了她手里，说了一声：“你还是先吃点东西再说吧，反正我就在对面，有事可以找我。”

苏然看了看被塞入手里的袋子，又看了看男生的背影，他触及在指尖的感觉就像小小的电流，流动在苏然的整个手掌心里。

“等等。”苏然看着男生准备回房的时候叫住了他，说道，“那个……不管怎样，谢谢你。你叫什么？”

“不用客气。”男生顿了一下，说道，“我叫叶泽，叶子的叶，福泽的泽。”

“苏然。”她在男生报完名字后快速地报出了自己的名字。

叶泽对于苏然的这个反应愣了愣，随后笑了起来，与之前的轻笑不一样，这一次他没发出声音，嘴角上扬，带着几分阳光，莫名的好看。

苏然也没再多停留，准备关上房门尝一尝他买的美食时，听到叶泽的手机铃声响起，随后他边开门边说道：“我刚想给你打电话……”

后面的话苏然没有听到，她关上了门，看着手里沉甸甸的食物，不禁好奇起这个人，以及半夜还给他打电话的人……

05

早上五点，城市里的很多早点摊才刚刚支起。苏然换上了一套运动装，穿上运动鞋，准备好了背包和防晒乳后，她走出了青旅。由于之前耽误了一天，因此苏然把行程重新调整了一下。

苏然出了青旅后就近选择了一家早餐店吃饭，S市的早餐品种颇多，除了常见的小笼包、豆浆油条外还有一些特色的，比如菠萝糕、水晶饺等。

苏然点了一笼包子，又喝了一碗豆浆，塞得整个肚子饱饱的后，看了一眼时间，她该出发去七黎山了。

虽然苏然不是一个登山爱好者，但是架不住她在翻阅S市旅游资料时多人推荐过的七黎山。同时，苏然想着爬完了山再去西公园和夜市街玩一玩。

做好了出发准备后，苏然起身去附近车站等车，而等她到了车站时，她却看到了叶泽。

细碎的晨光像天女的嫁衣，披盖在叶泽身上，此刻的他正拿着地图，背着一个双肩包，不同于之前的衬衫打扮，今天的他换上了一套运动装。

“哟。”这一次苏然主动打招呼道，“你这是要去哪儿？”

“七黎山，你呢？”叶泽没想到会在这里遇到苏然，坦率地说出了目的地。

苏然听到后愣了愣，说道：“好巧，我也是。”

“那……一起？”

苏然听他这么说，也点了点头，道了一声“好的”。

从青旅去往七黎山有直达的公交车，车程大概一个小时。

因为是同目的地的关系，两个人坐在了一条连体椅上。苏然坐上车后就发现叶泽把自己的背包放在了胸前，他双手环着背带处。

“你这要抱着不累吗？”

“你这样背着不硌得慌吗？”

几乎是异口同声。

苏然怔了怔，然后回复道："还好吧，主要我没带什么硬物。"

"那你那一大包的是什么？"

"就带了点毛巾和零食。"

叶泽听到苏然所带的东西后，撇了撇嘴，不解地问道："你带那些干什么？"

"听说山上的午餐贵，所以我才自己带了点零食，到时候饿了就吃点。"苏然理所当然地继续道，"毛巾是我怕出汗带的，那你呢？你那一包是什么？"

"水、湿巾、纸巾还有一些创可贴和云南白药之类的。"相比苏然的简单，叶泽的包内可算是应有尽有。

"你怎么还带水啊？"

"信我，山上的水比饭还贵。"

就在两个人一聊一搭的路上，车到站了。

七黎山是S市的名山，它坐落在S市的最北边，每年都会有许多登山爱好者来此一游，而这里最为著名的就是山顶风景和山下的动物园。

原本苏然的计划是先爬山，等下山后再去动物园，但是叶泽提议先去动物园再爬山。

比起逛动物园，登山是一项更重的体力活，若不是经常运动的人来回一趟肯定会腿脚酸痛。腿脚酸痛的状态下再去逛动物园，不仅会体力不支，更重要的是会影响观赏质量。

听到叶泽的解释，苏然表示赞同，于是改变了计划。

06

两个人并肩走进了山下动物园，因为是特色景区的关系，动物园里排队的人很多，即便两个人是早上到达，也排了接近半个小时的队伍才买到票。

买好了票后，苏然跟着叶泽进入了动物园内部。这个动物园很大，分成“东西南北”四个板块，从俯视角度望下去就像是四个并在一起的大竹笋，看起来十分有意思。

苏然在叶泽的提议下先去东板块逛，东板块主要是灵长类动物，除了猕猴、金丝猴以外，园内还有红面猴、狒狒等。

苏然和叶泽逛的第一站就是猕猴领地。一进领地，苏然就被假山上各种姿态的猕猴所吸引了。这里大部分猴子都根据种类区分，彼此间都有自己的领地，每个领地都有自己的独有生态，假山、树林、草坪和小河流，远远看起来就像一幅画一样。

大概是夏季的缘故，大部分猴子都躲在假山洞穴里，只有少量的猴子坐在假山外，时不时望望围栏外的人。它们或仰着肚皮打盹，或三五成群地吃东西。

此时，苏然突然拽了拽叶泽的衣袖，说道：“你看……那边那个猴子，它的姿势好奇怪。”

叶泽拿着相机，还没来得及拍照就被苏然的叫声吸引过去了。

“可惜我忘带相机了，手机像素又太差。”苏然抿了抿嘴，扭头看着叶泽问道，“能帮我一个忙吗？我想和那些猴子合个影，你拍了照，到时候洗好照片给我，我给你钱……”

“钱就算了，我帮你拍就是了。”叶泽直接打断了苏然的话，调了一下相机问道，“你想怎么拍？”

苏然看了看旁边的旅客，想了想回道：“就拍我喂他们吃东西？”

“好。”叶泽点点头，把相机镜头对准了苏然。

这是苏然第一次被不熟悉的人拍照，她举着包，想要做出一副欢快的模样，但当镜头对焦上她时，整个人却又明显紧绷了起来。

“你很紧张？”叶泽的镜头对着她了好一会儿却迟迟没有按下快门，他看了看镜头，忍不住问道。

苏然抿了抿嘴，点头说道：“嗯，有点。”

“我的镜头看起来很可怕吗？”叶泽挠了挠头，半开玩笑道，“虽然没有美图秀秀，但是你要相信我依然能把你拍得很漂亮。”

苏然在听到叶泽这么说的时候，心里莫名地微微一颤，竟轻松了几分。苏然看着叶泽的镜头，提了一口气，说道：“来吧，拍吧！”

“那你不要露出像狼牙山五壮士的悲壮表情啊，好歹露个白牙之类的。”叶泽边说着边比画一下自己的嘴巴。

苏然点点头，随后努力地露出了自己的白齿，却忽然感觉手上的包一抖，紧接着她看到一个黑影连同她的包一同飞了起来。

“小心！”苏然还没反应过来发生了什么，就听到了叶泽的喊声，接着她看清了，是一只猴子。

一只猴子抢走了她的包！

因为是半开放式的动物园，虽然猴子们有围栏隔着，但是围栏不高，成年猴子都很容易攀爬。此时两个人站在围栏旁，围栏上还写着温馨提示：

动物园半开放，请注意保管好自己的私人财产，以免被抢夺。

叶泽尴尬地看着动物园提示，刚想开口安慰苏然点什么的时候，一旁发懵许久的苏然突然回过神来。而回过神的苏然就跟霸王龙附体一样，先是猛地大叫了一声“糟糕，我的钱包和钥匙”，然后整个人就跟弓上的箭一样，瞬间就弹了出去。

这一幕看得叶泽目瞪口呆，他站在原地缓了好一会儿才说道：“大姐，你这是在拍动作电影吗？”

而另一头，苏然完全听不到叶泽的话，此刻她的脑海中只有“糟了”的念头。

因为没有钱包她就无法回旅馆，毕竟旅馆的房卡在里面，而且不仅这样，她还会没钱，就连回程的钱都没有。

“死猴子，你给我停下，我的钱包、钥匙啊！”苏然边吼边跑，她急匆匆地向猴子追去，完全不顾撞了身边多少个人。

本来就热闹的猴子园顿时变得更加热闹了起来，这一人一猴的追逐战吸引了不少游客。

一直以来，苏然就是个运动白痴。以前每次体育考试的时候，她考短跑都会不及格，甚至体育课一度成了她的梦魇。

但此时，大概是钱包和钥匙给她带来了动力，她感觉自己的速度前所未有的快，甚至可以说她发挥出了超常水平，可即使这样她还是追不上那只猴子。

苏然看着离自己越来越远的猴子，心里别提有多着急。这只猴子就跟打了兴奋剂一样，一窜一跃就到了几米开外。

大概是觉得苏然在后面气喘吁吁地奔跑的样子十分有意思，猴子拎着包蹲在一个围栏上，它挠着头，发出了“嘻嘻”的笑声，仿佛在嘲讽苏然的笨拙。

“你给我站住，你个死猴子，管理员没告诉你不要拿游客的东西吗？把钥匙和钱包还给我！”苏然追累了，此时她握着围栏把手，看着面前的猴子，气喘吁吁地说道，“你现在要是把包包还给我，我还可以原谅你。”

然而猴子跟没听到一样，甚至继续“嘻嘻”地笑着，而此时旁边几座假山上的猕猴也探出了脑袋，一起看着苏然和猴子的对峙。

夹在无数猴子视线之间的苏然咬了咬牙，她怒瞪着前面拎着包包笑嘻嘻的猴子，刚准备想个办法把猴子从围栏上摇下来的时候，猴子又挪地方了。它也不笨，每到一处休息时间都不会太长，它就像放风筝一样，“牵”着苏然逛遍了大半个猴园。

苏然当然不甘心这样一直被猴子牵着鼻子走，她奋力地追赶着猴子，寻思着怎么一举拿下猴子。

眼看她要追上猴子时，叶泽的声音缓缓地从苏然身后传来。

“喂，别跑了，你听到没，苏然，别跑了！”他们两个人之间相隔着几米远，然而叶泽的声音还是十分清晰。

别跑？什么别跑？那她的包包怎么办？

苏然不理解地扭头看着追上来的叶泽，有点想翻白眼。都到这份上了，她怎么能放弃自己的包包，放弃那只猴子。

如果包包没了，她该怎么回家？

苏然继续追着前面的猴子，可是每次她刚缩短一点距离，猴子就跳到了另一座假山上，让她束手无策，只能站在一旁干瞪眼。她既不能像猴子那样也去爬假山，而且她现在别说攀爬了，能不能靠近假山都是个问题。

毕竟现在这天气，假山里肯定窝着一大批猴子。

苏然停下了脚步，她用手背遮阳，看着天空，超负荷的运动让她一时间有点犯晕。

就在这时，一直跟在身后的叶泽终于追了上来，他伸手拍了拍停下脚步的苏然，然后喘着气说道：“你先……先别追了。”

“什么？为什么不追了，我的包还在那只猴子身上！”苏然也不回头看叶泽，而是继续气鼓鼓地和假山上的猕猴大眼瞪小眼，她铆足劲要跟这些猴子们杠到底。

就在这时，那只猕猴挠了挠头，像是烦了，它从假山上再次跳到另一个山头，包也顺手从上面扔了下来。

苏然连忙接住了自己包，就在她想要第一时间将包里的钥匙、钱包拿出来，以避免再出现刚才那种状况时，她发现了一个让她惊恐不已的事情。

她的钥匙和钱包呢？

现在的猴子不会那么精明吧？还分得清钥匙和钱包？还单独拿走了？苏然一遍遍地翻看包里的东西，一边碎碎念。

“唉？我的钱包呢？我的钥匙呢？”她在这头急得自言自语，而叶泽却在她身旁无奈起来。他一边喘着气，一边有些无奈地拍了拍苏然的额头，动作十分小心。

“你干吗？”苏然捂着额头，心情不佳。

然后，她听到叶泽用极其无奈的语气说道：“话说你是鱼吗？只有七秒的记忆？刚开始看你追猴子我就已经懵了，后来看到你一边大喊着‘把钱包和钥匙还给我’的时候，我已经想过来拍死你了！”

“为什么？”苏然抱着自己的包包，委屈得整张脸皱成了包子。

“你还没反应过来吗？你下车前说怕自己弄丢钱包，就把钱包、钥匙、房卡这类重要的东西托给我保管。”

“所以你追得这么拼命，就是为了你的零食。”叶泽说完后，很干脆地把她怀里的包一拉开，露出里面满满当当的零食，这让苏然恨不得找个地缝钻进去。

“啊啊啊！烦死了，你看透不要说透啊！”苏然脸一红，连忙蹲坐在了地上，捂着脸，相当无奈。

叶泽看着眼前蹲在地上还一脸绯红的苏然，忍不住轻轻笑了起来。他伸手将苏然拉起来，轻轻说道：“喂，你也太傻了点吧！”

——喂，你也太傻了点吧！

明明不是什么夸赞的句子，但苏然却意外地听出了一丝甜味。她还是有些呆呆地看着叶泽，并不是因为他讲的那些话，而是因为他逆着光，向她伸手，有一点点帅气。

第二章

KEAIDESHIGUANG
KEAIDENI

02

旅行的意义

每个人都会有自己生命中最重要的人，可为什么听到叶泽这么说的时候，她的内心会泛起一丝酸涩呢？

01

黄昏时分，夕阳宛如少女娇羞的脸颊，露出橘红的光芒。

缆车随着缆绳缓缓向下，一眼望去，沿途两边的山景，绿意盎然，美不胜收。

苏然趴在缆车上，杏仁般的眼睛望着外面的风景，连声赞叹着：“好漂亮！”

“还好。”搭话的是叶泽，他双手拎着相机，一路拍拍停停，看似散漫地回着她话。

苏然扭头看着叶泽，微微鼓着腮帮道："漂亮就是漂亮，不漂亮就是不漂亮，你若只是觉得还好，为什么还拍那么多照片？"

叶泽被苏然怼得一愣，缓了好几秒才说了一句"你管我"，苏然微微哼了一下鼻子，然后继续看着窗外。

缆车顺着拳头粗细的缆线一点点从这头滑向了山的那头。从缆车下来后，天色渐暗。苏然看了一眼时间，此时已经是下午六点了。

苏然伸了个懒腰，摸了摸有些发瘪的肚子，说道："我饿了，你饿不饿？"

下缆车的时候，叶泽对着全景补拍了一张照片，随后他点了点头，回道："有点，我记得山下有一家很好吃的鸡丝米线店，在各大驴友平台的评分都很高。"

苏然一听到有好吃的，两只眼睛就冒出了金光，立马有了精神。苏然跟在叶泽身后，一路随着他往山下走。山间的小路弯弯曲曲，苏然迎着稀薄的霞光，看着叶泽颀长的身影，忽然觉得眼前男生的背影有一点点好看。

苏然抿了抿嘴，加快了步伐，靠近了叶泽，开口问道："话说，你都是从哪里知道这些美食的，我都找不到……"

"你去旅游之前都不好好做一下功课的吗？"叶泽摆弄着胸口的相机，反问道。

苏然被问得顿时有点语塞，虽然她出行前也看了很多攻略，但是却一个都没记下来。陌生城市的那些路，那些公交车路线对她来说就跟鬼画符一样。

“我说，你知不知道，你这样说话很容易把天给聊死的！”苏然抿了抿嘴，轻哼出声。

叶泽扭头看了看她，跟着笑了起来：“是吗？不过我看你还挺能找话题的。”

苏然很干脆地给了叶泽一个白眼，随后像是想起来什么，接着问道：“对了，你明天有什么计划吗？”

“怎么？你明天有事吗？”叶泽带着苏然出了山路。山下就是一个小夜市，此时这里十分嘈杂，人来人往的。

“有，明天我想去看看市中心的那个龙塔，据说是S市的地标。”苏然说完双手合十地看着叶泽，一脸期待地问道，“要不要一起去？”

“明天我有事。”

“什么事情？”苏然忍不住追问了起来。

叶泽扭头看了看苏然，然后说道：“我明天有义工活动。”

“义工活动？”苏然对于新鲜的事物总是抱着好奇，她之前也在驴友群里看到过这个词，不过具体要做些什么她并不清楚。

对于苏然的问题，叶泽顿了一下，认真地回答起来。他说道：“所谓的义工活动，就是你在不计物质报酬的情况下，基于道义、信念、良知、同情心和责任，为改进社会而提供的个人时间和精力。”

“说白了就是免费打零工？”

“你说得真白！”叶泽微微翻了个白眼。

“那么，一般你都会干什么呢？”

“帮助清扫养老院、组织幼儿园孩童过马路坐校车……总之很杂。”叶泽想了想，余光正巧看到了苏然认真倾听的模样。她扎着马尾，耳边还有碎碎的绒发，杏眼里装满了好奇。

他也不知怎么的，鬼使神差地问了出来：“要不然，你明天跟我一起去看看？”

“我可以吗？”突然被叶泽邀约，苏然感到了几分意外。

叶泽轻轻笑了起来，唇角微微扬起，一双好看的眼睛弯弯的，让人觉得很舒服。

对，叶泽就是那种笑起来让人觉得很舒服的男生。

“当然可以了。”叶泽道，“再说了，分享是我们中华民族的传统美德呀。”

“分享算是美德吗？”

“别太在意细节。”

“哦，你高兴就好……”

两个人边聊着，边进了山下的餐厅。由于爬了一天的山，苏然早就饿得不行了，她连忙在前台点餐，然后在餐桌前坐好等上餐。然而跟在她身后的叶泽没有马上点菜，苏然注意到叶泽在进餐厅后先是看了一眼时间，然后再拿出手机看看有没有未接来电，来回重复着这几个动作，让苏然不注意都难。

叶泽终于在店员的询问下点了餐，却还是时不时望着手机出神。

苏然张了张嘴，刚准备询问的时候，店员端着饭菜走了过来，打断了她想问的话。

“你点的鸡丝米线和凉皮好了，请慢用。”店员将食物轻轻放到桌上，微笑着说道。

“吃饭吧！”叶泽看饭菜上桌了，便把手机放在一旁说道。

苏然看着眼前色泽诱人的鸡丝米线，扑鼻而来的麻酱味让她胃口大开。她点点头，伸筷子开吃，只是坐在她对面的叶泽没吃几口又开始翻看手机了。

大概是动作重复的次数过多，让苏然越来越好奇，于是她忍不住把心中的疑问说了出来：“你在等电话吗？”

“嗯。”叶泽淡淡地回答。

“谁的电话？”

面对她的这个问题，叶泽只是挑了挑眉，问道：“你很在意吗？”他的语气很暧昧，配合着挑眉的动作让苏然有点不知该怎么回复。

她顿了几秒，才喃喃道：“什么在意，我就是看你来回折腾手机，多嘴问一句。”

“是一个很重要的人的电话。”叶泽收起了玩笑情绪，把电话拿在手里，低头回应道。

“那你为什么不打过去？”

叶泽抿了一下嘴，然后抬头看着她，挠着后脑勺道：“我怕我贸然打过去，会吵到她，所以我一般会等她来电话。”

叶泽的话让苏然莫名不舒服起来，但为什么不舒服，她又说不出来，只知道原本好端端的胃口因为这一句话一下子就去了一大半。

他好像很在意电话那头的人，到底是什么样的人，会让他用“重要的人”来形容。

苏然的好奇心瞬间膨胀，她再次抬头看了看叶泽，却仍然没法从他的神情中猜出一些什么，只好低下头继续吃。

人声鼎沸的米线店里人来人往，热闹的气息弥漫在空气里，但她的眼里却只能承载眼前小小的一桌。

02

苏然的微凉心事随着点点星光，从深夜伏到晨初。

彼时已是初晨。苏然脱掉了登山时的运动装，换上了碎花连衣裙，白底裙上印着鹅黄色的碎花，配着坡跟鱼嘴鞋让她看起来清新了不少。

苏然和叶泽相约八点出门，这次做义工的具体事项是叶泽安排的。对于这种陌生而又令人期待的事情，苏然的内心不禁紧张了起来。

出了门，苏然就看到了叶泽，恰巧他也刚出来，与昨天穿着相似，他依旧以运动风为主。叶泽走出房间，在看到苏然的时候停顿了几秒钟，然后才问道：“你确定穿这身去做义工？”

苏然原地打了一个转，碎花裙的裙摆在空中划过一个流畅的弧度，她双手摊开，问道：“我这身不好看吗？”

“没，挺好看的。”叶泽纠结了几秒，把之前的话吞了回去。

叶泽没有了异议，两个人清点了一下随身物品，就出发去往目的地。在路上苏然听叶泽说明才知道这次义工的地点是在景区，是S市的一个海滩公园。这次义工的工作内容是清理公园，虽然工作内容累了点，但是好处是可以免费地游玩公园。

对于一整天都能免费待在景区里，苏然更是多了几分兴趣。当两个人抵达海滩公园的时候已经九点了，接待他们的是一位中年阿姨，她将参与义工的人按两人一组划分开来，并依组布置了工作区域。

苏然和叶泽是一个组，被分配在了公园的中段，公园中段有许多铜像，算是较难打理的一个区域。

苏然在连衣裙的外面套上了他们给的工作服：一件橘黄色、印有“S市义工”的外套。套上了外套后，苏然整个人的装扮显得有些不伦不类，这时她才知道叶泽在出门前为什么反问她的这身行头了。

“你穿高跟鞋不方便，拿着这个，看看草丛里有没有什么垃圾之类的，我来清理铜像。”同样换好衣服的叶泽拿起了小扫把，边说边递给了苏然，然后自己转身开始清理铜像。

接过小扫把的苏然看着叶泽，轻声嘟囔了一句“这不是高跟，这是坡跟”，开始埋头苦干起来。

七月的天，酷暑难耐，即便在绿荫下也一样。苏然蹲在草丛上，虽说偶有微风拂过，但清理工作开展不到一小时她就已经汗流浃背了。

苏然用手背擦了擦额前的汗，扭头看了看叶泽，他连第一个铜像都还没清理完。大概是近几年景区很多铜像遭人为破坏的缘故，所以清理起来格外麻烦。

苏然叹了一口气，然后继续清理草坪，她想着等自己的工作部分做完了，就去帮助叶泽，以证明自己穿着坡跟鞋也不会影响工作。

抱着这样的想法，苏然又开始元气满满地工作了起来。临近中午的时候，苏然把自己的清理工作完成了大半。她起身伸了个懒腰，然后看向叶泽那边，灿烂的阳光透过层层叠叠的树叶洒落在他身上，画出一片斑驳的光影。

他拿着抹布和清理液耐心地擦洗着铜像，鼻尖渗出了密密麻麻的汗珠，远远看去，仿佛他也是一尊铜像般，精致而又好看。

苏然赶紧定了定神，就在她准备走过去帮忙的时候，调侃的声音从另一头忽地传来。苏然闻声扭头看去，从公园的另一头走过来一群年轻男女。他们穿着痞气，其中几个女生穿着颇为不雅，而几个男生留着长发，挑染着俗气的红色。

总之不管是从穿衣打扮还是行为举止都让苏然联想到了网上的那些不良少年。她顿了顿脚步，对于这种观光客，她最多也就是在心里吐吐槽。本来与她无关的一群人却因为说了一句话，让苏然硬生生地停下了脚步。

03

“喂，你们看，这个老头的地中海脑门看着真亮。”

苏然不知道最先喊话的大嗓门男是谁，只是当她转头时，那一群人已经围在了一个伟人的铜像前。

不知道是谁起的头，苏然看到那群人开始用石头在铜像上刻划，一群人围绕着铜像，嘻嘻哈哈的声音十分刺耳。

“嘿，你们看，如果在这老头的光头上签名会不会很帅？”

“厉害啊，小姐姐说得没毛病！”

“让我试试……”

苏然微微皱起了眉毛，直接往那群人的方向走去，而在另一头正专心清理铜像的叶泽显然还没注意到这边的情形。

苏然记得，那群年轻人所挡住的铜像正是叶泽刚才花了一个多小时才擦干净的。

苏然也不知怎么的，火气直接冲了上来。明明以前，她也在新闻上看到过很多次这种破坏公物的现象，但以往的自己顶多当当“键盘侠”吐吐槽而已，真要发生在身边的话，她觉得自己可能并没有勇气上前去阻止。

可今天，苏然却快步走到几个人身后，深吸了一口气。生气归生气，但是她还没有丧失理智，贸然冲上去肯定不是上上策，因此苏然停了下来。她从兜里掏出手机，镜头对准几个正在乱画的男女，拍了几张照片。

苏然从未干过这种偷拍的事情，忘了关掉手机的闪光灯，结果照片拍完了，也引起了那几个人的注意。

苏然在和几个人对视的那一刻，抢先一步，直接吼了出来：“喂，你们是谁？你们在干什么？不知道铜像属于公共物品，不能乱涂乱画、随意破坏吗？”

苏然的声音让本来就发现她偷拍的年轻男女更加不悦起来，他们放下了手中的小石子，扭头看向她，纷纷叫嚷了起来。

“这女的谁啊？”

“有病吧！穿得跟果粒橙一样还学人家偷拍。”

苏然看着自己橙子色的外套有点气结，她一手叉着腰，一边不客气地道：“我是这边的管理人员，你们刚刚不是都在上面乱涂乱画了吗？要不然擦干净道歉，要不然赔偿。”纵然她说的时候有点紧张，甚至声音都在发抖，但她还是觉得自己有点小霸气。

只是她的话没有人听，也不会有人听。那些年轻的男女就像看小丑一样看着她，或许是被她的气势所刺激，又或许是她的话惹怒了他们，几个人走上来团团把苏然围住。其中有一个女生直接上前，趾高气扬地看着她道：“呵，让我们道歉？你脑子被驴踢了吧，我们就不道歉，也不赔钱，你能把我们怎么样？”

苏然盯着眼前的人，沉默了几秒，然后突然拿出手机，对着眼前趾高气扬的女生直接亮出刚刚拍摄的照片，说道：“我也不会怎样，最多我把这些放到网络上，公开你们这种没素质的行为。”

“你！”女生有点气到了，她上前一步揪住了苏然的衣领，俯视着她，满眼的鄙夷。就在她准备下一步动作的时候，叶泽的声音忽然从苏然身后传来，他的声音很大：“喂，你们在干什么呢？”

苏然在听到叶泽的声音时颤了一下，她立刻本能地甩开女生揪着她领口的手，扭头看到了赶过来的叶泽。

冲进包围圈的叶泽第一反应是将苏然拖到了身后，就像母鸡护小鸡一样，瞪着那群人，询问道："你们这是怎么了？"

"这帮人在铜像上乱写乱画。"苏然躲在了叶泽背后，轻轻扯着他的衣角，回答了他的问话。

"哟，这种货色还有小白脸护着。"有人看到叶泽的维护，张口便是一句嘲讽，这让本来还有点不太清楚状况的叶泽心里不悦起来。

"你们把嘴巴放干净点。"叶泽护紧了苏然，然后顿了几秒道，"我已经知道你们破坏景区公物，所以你们现在是想怎样？"

"我们也不想怎样，最多是教训教训你。"这群人说着话，慢慢靠近了叶泽和苏然。叶泽被迫倒退，但他全程一直拉着苏然，让她不远离自己。

这群人把叶泽和苏然逼到了无路可退的地步。忽然间，一个男生直接冲叶泽挥起了拳头。叶泽本能地想要抵挡攻击的时候，一阵刺耳的警车音传了过来，而这时那几个年轻人明显慌张了起来。

"我来之前已经报警了。"叶泽定了定神，面对这群人道，"你们破坏景区公物在先，企图威胁殴打工作人员在后，至于该怎么处置，让警察来决定。"

"你……你……"

"算你狠，我们走。"

几个人听到叶泽这么说，又气又无奈。领头人见形势不妙，只好带着他们离开。

看着几个人匆匆离开的背影，叶泽紧绷的神经总算是放松下来，他转头皱眉看着苏然道：“我说你啊，能不能长一点心，这是外地，我们人生地不熟的，你知不知道你这样冲动很容易出事？”

“不怕不怕，这不是还有你吗？”苏然说完后忍不住眉眼弯弯地笑起来，她此时觉得自己这句话欠揍极了。

“你……”叶泽抚头无奈道，“姑奶奶，我算服了你。”

“对了，真的是你报警，还是你在诈他们呢？”

“真的。”叶泽无语地看了苏然一眼，就在这时他的手机响起来，他看了一眼说道，“是警察，反正他们也走了，我过去见下警察，估计还要做个笔录，你给我好好地待着。”

“知道了。”

“你要真知道刚才就不会傻乎乎地往前冲了。”叶泽说完后拍了拍苏然的脑袋，嘱咐道，“记住，你是个女生，以后不管遇到什么事情，要学会在保护自己的前提下处理。”

“我知道的。”苏然有些无语了，自己又不是小孩子，只是这次冲动了点而已。

“你……”本来叶泽还想再教训两句，但因为手机又响了起来，他不得不先去接电话处理事情，他接着电话，临走前比画着手势让苏然好好照顾自己。

“真是啰唆，我不都说了我知道了嘛。”苏然抿了抿嘴，看着边打电话边离开的叶泽，心里忍不住生出了几分欢喜。

04

下午四点左右的时候，苏然完成了工作。叶泽因为去民警那录口供耽误了一段时间，在苏然工作结束后才回来，然而小小的风波并没有给他带来什么影响。

晚上六点的时候，苏然和叶泽并肩坐在公车站的座椅上等车。因为景区在城郊，来往的公交车不多，所以每一班都要等很久。

“在想什么呢？”叶泽拿着手机抬头的时候看到苏然正在发呆，忍不住问道。

苏然定了定神，指着不远处的夜市街道：“我在想那边有没有什么好吃的。”

“又在想吃的，胖死你得了。”叶泽啧啧发了一声感慨后点开了手机，边查看手机边说道，“要不然晚上一起吃饭吧！”

“你请客吗？”

叶泽咬牙切齿。

“我就是开玩笑的，你这么抠门，小心会没有女朋友。”苏然轻哼一声，站起身，说道，“不过你是不是又发现了什么美食餐厅？”

“是啊，昨天翻看旅游微博的时候看到的，口碑很好。”叶泽也不在意苏然那句“没有女朋友”，直接拦下一辆出租车，为她开门道，

“走吧，女士优先。”

苏然看着突然装绅士的叶泽，翻了一个白眼后，上了出租车。两旁的风景依旧秀丽，出租车缓缓行驶在街道上，只是她的思绪却不知为什么总停留在叶泽身上。

碧海连着金黄色的沙滩，白色木屋驻扎在礁石旁，远远望去就像是一幅美丽的油画。

木屋前零散地摆放着桌椅板凳，身着波西米亚裙的女郎端着啤酒招呼着来往的客人，耳边飘荡着异域风情的音乐，这样的氛围让苏然不禁感叹：夏天真美好。

“好漂亮的餐厅。”站在餐厅门口的苏然深吸了一口气，眨着眼睛说道。

对此，叶泽点了点头，并附上了贴心说明：“这是一家海上餐厅，以做海鲜而出名。尤其是他家的海鲜焗饭，听说是金黄色，用蟹黄做的底料，上面配的是鱿鱼卷、金枪鱼、虾仁……”

“那还说什么，我们快进去吧！”叶泽的话还没说完，苏然已经强势地打断了他的话。

她已经迫不及待地想要尝一尝了。

餐厅分为露天桌和内屋桌，在苏然的建议下，两个人坐到了外围露天桌。因为叶泽描述的海鲜焗饭听起来很好吃的样子，苏然坐下后便点了一盘，而叶泽点了一份虾仁面。

两个人面对面而坐。

苏然闻着桌上香喷喷的米饭，一脸的满足。相比苏然的狼吞虎咽式吃法，叶泽细嚼慢咽的吃相相当文雅。他无奈地看着苏然威风凛凛的模样，忍不住递上了纸巾，说道：“嘴角，擦一擦。”

意识到自己失态的苏然猛然停住动作，讪讪地接过纸巾，有些不好意思地胡乱擦着嘴唇，有些尴尬地笑道：“呵呵，饿极了，饿极了。”

“没事，理解。”叶泽憋笑着回复。

一眼看穿了叶泽憋笑到内伤的表情，苏然默默地翻了一个白眼，接过纸巾，转移话题道：“对了，你看起来也不像多有爱心的人，怎么会想着去做义工的？”

“虽然我很想回答你有关我为什么想去做义工的问题，但对于你污蔑我没有爱心这点，我是不满的。”尽管嘴巴说不满，但叶泽还是将自己的初衷娓娓道出。

“其实从高一起，我就开始做旅行计划了，这些年来我也去了很多地方。一开始的时候我跟你一样，也是很随性的，单纯地想看看世界，但是渐渐地，我的眼界变了。”

苏然听着叶泽的话，被他的话所吸引了。她看着他的眼里满是兴奋，就像一只被逗猫棒吸引的猫咪一样，她问：“你的眼界变了？是不是发生了什么？”

“嗯，我认识了一个驴友，是在火车上认识的，因为兴趣相投，跟他很快就聊了起来。当时我是去往杭州，他在得知我去杭州后，给我介绍了很多杭州的特色，大到一些风景历史，小到一些地道的巷子小吃，他都能信手拈来。他还为我介绍了他在杭州的朋友，帮了我很多。”叶泽说到这里，顿了一下，继续道，“当时我以为他是杭州人，问他才知道不是，他只去那里旅行过。”

“仅仅旅行过就知道那么多？”苏然觉得有些不可思议。

“我当时的想法和你一样。”叶泽轻轻地笑了起来，他的眼睛微微眯起，白皙的脸上带着清爽的笑容。海风微微拂过，带着几缕咸味。

他接着道：“后来才知道，他每去一个城市旅行都不会像其他旅客那样在那里待几天就撤，他至少会在一个城市待一个月。他会利用这段时间好好了解这个城市的风土人情，融入这个城市。”

“哇，有钱人啊！”苏然听后表示相当羡慕，要知道旅行是一件很耗费金钱的事情，除了基本的衣食住行外，还要时时刻刻防着被人坑，并不是每个当地人都对外来人友好的。

叶泽听了苏然的话又一次摇了摇头，他抿嘴道：“据我所知，他也不是什么富二代，他每到一个城市，除了旅游和做一些义工活动外，还会找一些低价劳动的工作做补贴。”

“低价劳动？”

“跟一般工作性质差不多，只是这种工作更为简单轻松。工资属于日结，不过不高。”

“那既然选择了低价劳动，还做义工？这不冲突吗？”

“并不冲突啊，我觉得很多义工的工作很适合旅游者。”叶泽想了想，尽量深入浅出地解释道，“你看，大部分的志愿者工作都比较有意义，比如这次清扫景区垃圾，除了能游玩景区外还能发现很多我们平常不会注意的事情。之前我还有一次志愿者活动是在街边派发爱心早点，当时遇到了很多当地的老人，他们给我讲了很多当地的特色风俗……但是为了旅行你的资金必不可少，那么又需要简单快捷的低价劳动了。”

05

苏然听着叶泽的话，心中燃起了一份向往。来之前她对于自己的旅行计划只是纸上谈兵，但是叶泽所说的这种旅行方式让她觉得眼前一亮，她放下勺子问道：“可是你的朋友，每到一个城市都要花这么长的时间去了解一个城市，这样会不会很浪费时间？”

“相比快餐式旅游当然算浪费时间了，不过各有各的优势，我倒是更喜欢这种旅行方式，每个人想法不同，眼界也不同，所选择的就更不同了。”叶泽也放下了碗筷，然后端起赠送的柠檬茶，转头看着海边卷起的浪花，娓娓道，“我只是觉得既然来到一个地方，还是多方面了解一下这个地方比较好。你知道吗，哪怕我们所在的S市也有很多大众不知的风情所在。我的旅游不是从平台那里感受别人的旅游风情，而是去体验。”

他的话音刚落，苏然便送上了一波掌声。“啪啪啪”的声音响起，弄得叶泽一脸迷茫，他问道：“你这是什么意思？”

“就是觉得你讲得很好，欠缺一个掌声。”苏然边说又补充了两下掌声，然后问道，“那你呢，有在旅行中遇到过经济困难的时候吗？”

“有啊。”叶泽微微侧头，像是回忆什么般，忍不住吐了一口气，说道，“有一次，我预算错误，到后来钱不够了，低价劳动那边的酬劳因为一点问题也要过一周给我，我没法续租房间了。”

“啊！那你后来怎么办？”

“全身上下只剩不到三百块，还要过一周。当时我就一天只吃一顿饭，然后把行李寄存在了火车站，五块一天。”叶泽笑着继续道，“我自己就跑到海边，躺在沙滩上。累了就睡，不睡就看日出，白天工作，就这样过了一周。”

“很辛苦吧？”

“虽然辛苦，但是觉得很有意思。你不会想到，不止我一个，其实很多人都喜欢睡沙滩的。”叶泽说着便笑了起来。

苏然这才发现原来他有虎牙，笑起来的时候尖尖的虎牙抵着唇，看起来十分可爱。

他补充道：“你不觉得以天为被，以沙滩为床也是一件浪漫的事情吗？虽然一周后我瘦了好几斤，哈哈！”

虽然此时的苏然听叶泽的语气甚是轻松，但是她还是忍不住佩服起叶泽来。如果换成自己一周仅有两三百块，还无处可住，在一个人生地不熟的陌生城市里，大概她除了哭找不到其他办法吧！

“你真的很厉害。”苏然由衷地感慨道。

“你这样夸得我有点心慌了。”叶泽眨了眨眼，有些小调皮。

苏然默默送了一个自行体会的白眼后叫服务生买单。两个人虽然点得不多，但是这家餐厅的菜并不便宜，苏然想想也是，毕竟一份炒饭里加了很多海鲜。

“一共一百五十块，请问两位是现金还是刷卡？”

“我们AA吧，现金，谢谢。”苏然话刚落，她就看到叶泽拿出一张卡，然后从容地对服务生说道：“刷卡，谢谢。”

苏然对叶泽使了一个眼色说道：“我们AA，两个人也就七十多，你刷卡都不够人家手续费的。”

“这是第一次和你出来吃饭，所以这是应该的。”叶泽说着站了起来和服务生去刷卡买单了。远远的，夹着风声，苏然听到叶泽说了这样一句话：我今天还欠你一句谢谢，就当补偿了。

苏然猛地想到了今天自己为了铜像和别人争执的事情，她抿了抿嘴，走到门口，看向眼前的大海。此时夜已深，海浪卷着沙滩，荡起了白白的浪花，不远处的灯塔照射出紫色的光，显得神秘而又漂亮。

就在苏然发呆的时候，叶泽拿着账单走了过来，问道：“看什么呢，看得这么入神，不会我刚刚请你吃一顿饭的举动暖到你，就让你动心了吧？”

“你走开！”苏然白了他一眼，随后说道，“我是在想你为什么这么喜欢旅行，因为好奇，还是因为别的什么？”

“你呢？你是为什么旅行？”

“对这个世界充满着好奇。”苏然毫不犹豫地回复道。

“很俗。”叶泽非常欠打地送上了两个字后，认真地说道，“我有一个梦想，为了这个梦想我需要很多想法和更广阔的眼界。除此之外，我希望我的所见所闻能够分享给一个人，让她开心。”

苏然听着叶泽的话没有再追问下去，而是默默地跟他并肩走着。岸边的路灯如同点点星辰，并排点亮了整个海滩，两个人的影子沉默地交织在了一起，越拉越长。

06

因为海边餐厅和旅社是相反的两个方向，所以当苏然和叶泽回到青年旅社时已经九点多了。到了青旅后苏然注意到叶泽看了一眼时间，然后还没进屋就站在青旅的大厅里打电话。

苏然也不知道是自己好奇还是怎么的，她看到叶泽没上楼，也跟着没上楼，叶泽的电话维持了几分钟就挂了。

“苏然，你站在这里干吗呢，怎么还不上楼？”叶泽结束电话后，看着苏然，有点好奇地问道。

“没干吗，就是不想一个人上楼，不行吗？”面对叶泽的疑问，苏然也不正面回话。她抿了抿嘴，跟在了叶泽身后。

走在长长的楼梯上，苏然看着叶泽的背影，这个男人的背影略瘦、挺拔，就像一株未长大的杨树一样，却莫名地让她有种安全感。

“那个……”苏然刚蹦出两个字就看到叶泽转头，清亮的眼里透着疑问，仿佛在问她怎么了。

“你好像每天都定时给某人打电话。”苏然在说完这句话后注意到叶泽挑了挑眉，她立刻慌张地解释道，“我、我没别的意思，就、就有点好奇……”

“其实也没什么，我每天都有一个任务，要督促一个很重要的人睡觉。”叶泽说到这里顿了两秒，满脸宠溺地轻笑起来，“她那个人就是小孩子心性，我不给她打电话的话，她就睡不着。”

苏然默默地听着，问道：“你曾说的那个重要的人？”

“是啊。”叶泽大方承认。

苏然点了点头，低着头应了一句：“你对她真好。”

“因为很重要嘛！”叶泽理所当然地说完后进了房间，全然没注意到身后的苏然在那一瞬间晃了神。

每个人都会有自己生命中最重要的人，可为什么听到叶泽这么说的时候，她的内心会泛起一丝酸涩呢？

苏然进了房间后直接呈“大”字形躺在了床上，还算厚实的白色床单上印着一个个心形图，天花板上贴着海蓝色的墙纸。

苏然也不知道自己怎么了，在进门的那一刻她全身的力气仿佛被人抽光了一样，十分不舒服。虽然白天工作很累，但也没累到虚脱的程度，而此刻的她不知为何就跟虚脱了一样。

就在苏然发呆的时候，电话铃突然响起，打断了她的思绪，苏然本能地接起了电话：“喂？”

“是我。”电话那头徐徐传来熟悉的声音。

苏然一下来了精神，连忙道："林轩。"

来电话的是她的青梅竹马，亦是她最好的朋友——林轩。

"嗯，玩得怎么样？"

"还不错，认识了很多人，也看到了美丽的风景。"苏然在说这句话的时候本能地看向了门外。这时电话那头的林轩又问道："那你什么时候回来？"

"我……"苏然突然停顿了几秒，然后思考了一下，轻轻说道，"我想多待一段日子。"

"为什么？"哪怕隔着电话，苏然也听出了好友的不悦。

对呀，为什么呢？

苏然虽然是很向往叶泽口中的旅行方式，但是，她知道自己选择留下的真正原因不仅仅是向往这种旅行方式。

苏然顿了几秒道："我很喜欢这里，想要了解这里的风土人情，可能要多待一段时间。不过我又不是不回了，你怎么还不高兴了？"

"我没有不高兴。"

"你就有！"

"算了……好男不跟女斗。"林轩在电话那头沉默了几秒，再次问出那个问题，"那你待多久，什么时候回来？"

"大概半个月吧！"

"那么久。"林轩听了这话直接皱起了眉头。他刚准备开口说点什么的时候，苏然直接打断了他，她问道："很久吗？我觉得还好吧，反正现在是暑假。”

对于苏然的决定，林轩也无法说什么，只能默默地同意了苏然的做法。以他对苏然的了解，一旦她做了决定，其他人很难让她改变。

他说道：“随你吧，你开心就好。不过，等回来时告诉我一声，我去接你。”

“好。”苏然听着林轩的话，有片刻失神沉默。

就在林轩以为苏然要挂电话的时候，她却再次开口。“对了，你有很重要的异性朋友吗？”

“有，怎么了？”林轩回答道。

“是不是重要的异性都是自己喜欢的人？”

“也不尽然，怎么突然这么问？”凭借多年的友谊，林轩隐隐感觉到了苏然的失常。

苏然换了一个姿势，握着电话道：“没什么，话说很晚了……”

“行行行，那我挂了，有空联系我。”林轩秒懂好友这是在催他挂电话了，顿了顿补充道，“我会担心你的。”

“瞎担心，我也是成年人了好不好。”

“好……”林轩也不多说，默默地挂了电话。

结束了通话的苏然情绪莫名低落，甚至忘了洗漱，直接躺在床上睡着了。

第三章

KEAIDESHIGUANG
KEAIDENI

03

最美是与你淋过雨的雨天

她感受到叶泽手中传来的温度，这样亲密的接触让苏然的小心脏“扑通扑通”地一阵乱跳。

01

早上五点半的时候，苏然迷迷糊糊地听到了敲门声。

她应了一声，像个散架的木偶一样把门打开了，在看到门口站着的人是叶泽的时候，她才来了精神。

“什么情况？”叶泽没想到苏然会这副鬼样子开门，一手拎着早餐的他明显被吓到了。

眼前的苏然该怎么形容呢？

披头散发，还穿着昨天的脏衣服，最主要的是她满脸泛着油光，仔细一点还能看到她的眼屎和牙缝中的饭渍。

“你该不会昨天没洗脸、没刷牙就睡了吧？”叶泽的话让苏然恨不得找个地缝钻进去，若不是顾忌自己没刷牙洗脸的不争事实，她绝对会揍叶泽一顿。苏然也不回答叶泽的问题，直接又把门狠狠地关上了以表达自己的愤怒。

十几分钟后当她穿戴整齐地出现在餐厅的时候，叶泽已经吃完了早餐。苏然眼看叶泽要开口的时候直接说了一句："请忘掉刚才的我。"

被堵的叶泽只能无奈地耸耸肩，笑道："好，你先吃饭吧，我跟你说下我们今天的工作。"

"快说快说，我已经迫不及待了。"

"只能说咱们很幸运。"

"什么意思？"

"这次的工作地点就在这家青旅。"叶泽指了指地板，然后看着一脸迷茫的苏然说道，"今天的工作就是看店。"

"这很溜啊，大兄弟。"一时间不知道说什么的苏然就连东北话都蹦出来了。

叶泽笑了笑，嘱咐道："你先吃饭，吃完了我们就要开始工作了，旅店工作都开始得比较早。"

"好的。"苏然点点头，边吃边说道，"对了，有一件事情我要跟你说。"

"嗯？"叶泽疑惑地看着她。

苏然在叶泽的注视下说道："我准备把原来计划的旅行时间延长到20天。"

叶泽听了苏然的计划后，直接抚头无奈道："你这是认真的吗？"

“对呀，认真到不能再认真了！”

“你在逗我吧，你突然延长旅行的时间，钱不够了怎么办？”

“没事，放心吧！钱不够了，我还有爸妈和朋友。”完全不怕的苏然把早餐盒放在桌上后，拍了拍胸脯道。

“你啊你，真是个傻丫头……”叶泽看着无所畏惧的苏然，也只能默许了。

“算了算了，反正船到桥头自然直。”叶泽也不再说苏然，两个人简单清理了桌面后开始了今天的工作。

所谓的看店工作整体还算轻松，基本上就是核对下客房，帮客人办理入住退房等各种手续，然后等顾客走了之后叫清洁阿姨清理。

叶泽对于这些活儿信手拈来，而苏然虽然是第一次做，基本上也不会犯什么大错误。中午吃过饭后，两个人轮流有一个小时的休息时间。

本着女士优先的原则，苏然先休息了，因为站了一上午，她有些累了，一到休息时间，她就跑到大厅沙发坐着捶腿。

叶泽自然发现了苏然的情况，他说道：“晚上下班记得泡泡脚再睡，你一会儿让老板多给你一个枕头，垫在腿肚子下，垫一个晚上明天能好点。”

“你懂得真多。”苏然一边用手揉着自己的腿肚子一边说道。

“那当然，你要不介意，可以叫我一声百科全书。”

“啊呸，不许嘚瑟。”

“哈哈哈哈！”

苏然看着眼前笑得开怀的叶泽，也跟着轻轻笑了起来。夏日炎炎，不算大的青年旅社里回荡着两个人相视而笑的声音。

一个小时的休息时间结束后，苏然回到了工作岗位。叶泽没有去沙发上休息，而是直接出了门。苏然看到他走进了对面一家生意火爆的咖啡店。

不过一会儿，叶泽便拎着两杯咖啡走了回来。他进了旅社后直接把其中一杯放到了苏然面前，说道："来，请你喝的。"

"你有这么好心？"话虽如此，苏然还是拿起咖啡喝了起来，滚烫的液体在舌尖流过。苏然满足地吐了吐舌头说，"虽然烫了点，不过挺香的。"

她说完后注意到叶泽先是晃了晃咖啡，然后多闻了几下，接着才抿了一小口。每一个动作他都像练习过好几百回一样，自然而又娴熟。

苏然在一旁看了许久，才默默问道："怎么样？"

"很棒，这应该是现磨的咖啡。咖啡豆应该是椰佳雪菲，这款豆子在咖啡豆里面算是性价比很高的了，回味虽然有一点酸，但是整体可以给五星好评。"叶泽说完，转头看着那家咖啡店，说道，"怪不得生意火爆，也是有原因的。"

苏然虽然听得一脸懵懂，但莫名地，她看得出来，叶泽在很认真地品尝咖啡。苏然握了握手中的咖啡，心里默默地记住了一点：叶泽他喜欢咖啡。

02

盛午的暖阳映照在青旅的瓦房顶，微风徐来，门梁上的风铃传来阵阵悦耳的声音。苏然在前台仔细核对着账目，只听“叮叮”一声细响，一串银质的风铃落在苏然的账目上。

苏然被吓了一跳，蹙眉抬头就见到始作俑者叶泽一脸的坏笑。

“你干吗？”苏然气呼呼地询问。

“这是刚刚退房的顾客送我的，”叶泽单手撑着下巴，倚靠在前台旁将风铃递给苏然，“送给你吧，这种小女生的东西你应该喜欢。”

苏然默默地接过风铃，脑内快速闪过刚才退房的客人，是一个年纪与她一般大的女生，扎着娇小可爱的丸子头。苏然曾与她有过对话，知晓她是M市的大学生，与苏然一样利用暑假的时间出门旅游。

“别人送你的东西你再转送给我，会不会不太好？”苏然嘴上虽然这么说着，但是手上的动作却未停止，她把玩着手中的风铃，哼声问道，“也许人家对你有意思，送点什么暗示你呢！”

然而叶泽并未在意她话里的醋意，反倒是自恋地轻叹一声：“没办法，长得帅就是有压力。”

苏然一阵恶寒。

“这个风铃你就安心收下吧，萍水相逢的人不会对我有什么暗示的。”叶泽说完侧头看着前台门外悬挂的风铃，说道，“而且我看你在前台一直望着挂在门梁上的风铃，想着你大概喜欢这种小东西吧。”

叶泽的侧颜很好看，他撑着下巴的手指纤长，近看就像一张美好的静态照片。

苏然抿了抿嘴，低头拿起风铃用手晃了晃，风铃发出“叮叮当当”的声响，在阳光的包围下风铃染上一层金边。

工作的时候，时间过得很快。傍晚时分，苏然将账目核对与客人的手续都已经办理得差不多了。叶泽收拾好最后一间客房，走出来正想询问苏然晚上吃些什么的时候，只见从门外走入一个三十多岁、打扮时尚的女子。苏然认出她是这间青旅的老板夏燕燕。

“今天辛苦了，啊，对了，今天晚饭你们就别出去吃了，我请你们吃家常菜。”夏燕燕进门后放下包包，上前热情地搂住苏然的肩膀，冲着她俏皮地眨了眨眼，“我亲手做家常菜哦。”

叶泽看着与苏然亲密互动的夏燕燕，轻笑地摇了摇头。大概是年龄相差不大的缘故，苏然从进入旅社起就跟夏燕燕聊得比较来。

“老板娘，你做的饭能吃吗？”叶泽故作惊恐地问。面对他的质疑，夏燕燕也不生气，只是伸手狠狠一拍叶泽的肩头。

“臭小子，你还怀疑我！”夏燕燕龇牙咧嘴挥舞着拳头以示警告，随后瞬间像是换了一张脸，朝着苏然温柔一笑，“苏然你回房间收拾一下吧，等下咱们在凉亭吃饭。”

被温柔对待的苏然有些无语地看向叶泽，然而朝她看过来的叶泽耸了耸肩，露出了无奈的笑容。

傍晚的凉亭不似下午，阳光落下后留下温柔的余光，风也不再闷热，带着丝丝凉意，沁人心脾。

夏燕燕摆了一桌的菜，拿出冰镇过的可乐。冲过温水澡一身清凉的苏然在夏燕燕的身旁入座。叶泽则是看着一桌精致的菜肴目瞪口呆，他竖起大拇指，由衷地赞叹：“没想到老板娘厨艺超群！”

“那是当然！”夏燕燕毫不谦虚扬起笑容接受表扬，“没有这点本事，怎么能撑起这一家店。”

“老板娘是本地人吗？听口音不太像啊。”苏然咬着一块酱料排骨，问道。

“我家乡在X市，来到这里也是一个巧合，你想不想听听我的故事？”夏燕燕问。

也许是今日高兴，夏燕燕在餐桌前话也跟着多了起来。

苏然连忙点头。

“在我十八岁那年我爱上了一个来自S市的男人，当时我家里穷，我不得不放弃学业打工，就是在工厂认识了这个男人。”夏燕燕喝了一口冰镇凉爽的可乐，接着说道，“他对我很好，我们相爱了，我父母也同意了我们的婚事。我随着他来到S市发展，他的梦想是开一家温馨的旅店，我和他一边打工存钱一边向往着未来，那时候日子虽然清贫可也是幸福。”

似乎是回忆起当初温馨的场景，夏燕燕的眼中洋溢着幸福的光，嘴角也止不住地上扬。苏然听得很专注，在她停顿的时候，苏然急切地问道：“那后来呢？”

“就如同你们看见的这样，我的旅店开起来了。生意虽不红火也过得下去，小日子过得舒服自在，”夏燕燕接着说，“可是好景不长，他在一次进货中由于疲累驾驶在山路上出了车祸，去世了。”

听到这里叶泽与苏然一怔，默契地互相对望了一眼然后沉默。

“对不起，”苏然沉默了片刻后内疚地低下头，“如果知道是这样，我就不该好奇去问你的这些伤心事。”

“没事，是我自己想说的。”夏燕燕倒也不悲伤，抬手拍了拍苏然的额头，轻声安慰，“再说事情过去三年了，悲伤的时期也已经过去，早就放下了。”

夏燕燕淡然的神情令苏然放心不少，似乎话题过于沉重，空气中开始归于沉静。夏燕燕有些不好意思，她大大咧咧习惯了，原本想着将自己的故事当下饭的白话却不想弄巧成拙，眼珠子咕噜转了转，夏燕燕随即换了一个话题。

“对了，你们来这里前做过这里的攻略吗？”夏燕燕问。

“做过，”苏然点点头，“但只是做过旅游攻略，对这里的人文历史我倒是不太了解。”

“人文历史？”夏燕燕哈哈一笑，“我在这里几年了，倒是了解一些，如果你感兴趣我可以告诉你。”

苏然的眼中亮起好奇的光：“感兴趣！”

于是接下来的时间，夏燕燕慢慢述说起S市的历史来。从古代说到现在，一些古老的奇妙传说令苏然咋舌，听到有趣的地方苏然也跟着爽朗大笑。夜晚降临，蝉鸣声混着人的交谈声奏响着欢乐的曲调，一顿饭好似吃了一个世纪之久。

疲倦一天回到房间的苏然将自己成“大”字狠狠地甩在柔软的被褥上，她回想起今晚与夏燕燕的谈话，想起夏燕燕为了爱人的梦想远离家乡来到陌生的城市拼搏。苏然十分佩服，她默默地想着如果自己有了喜欢的人，她也要跟夏燕燕一样支持着他，帮助他完成梦想。

想着想着困意如潮水袭来，苏然缓缓闭上了双眼。

03

第二天苏然早早地起床，简单地梳洗一下便出门与叶泽会合。刚到大厅就见叶泽与夏燕燕正聊着什么，苏然走过去道了声早安，夏燕燕微笑着回应："昨晚睡得还好吗？"

苏然点点头。

寒暄了几句，夏燕燕便与他们道别去忙活其他的事情了。

"夏姐介绍我们去景区外摆摊卖当地的特色产品，你要不要去？"叶泽的口气有些许的为难。

"当然要去啦！"苏然回答得毫不犹豫。

叶泽指了指门外的天空，虽是早上，毒辣的太阳已经从门外侵略到了屋内，金色的光线看上去分外刺眼。苏然还没踏出旅馆，便感觉一阵阵的热气朝着自己的脸上喷来。

"这么热的天，你还是算了吧，万一中暑了怎么办？"叶泽有些担心，虽然说现在还不到中午，但是太阳已经晃得刺眼，如果到了中午……叶泽有些不敢想象。

"没关系！"苏然拍拍胸脯，"就当锻炼了，本来进了大学也要参加一次军训，就当提前锻炼体力啦！"

苏然扬起手臂，往袖子里塞了一块纸团，然后以纸团充当肌肉，她举着胳膊，装出一副肌肉女的架势，叶泽看着她那无所畏惧的模样，无奈地摇了摇头。

"那好吧。"叶泽道，"如果到时候身体有不适的地方一定要跟我说，我们都在外地，别强逞能。”

苏然点点头：“放心吧。”

然而，到了景区后，叶泽与苏然才发现他们的摊位离景区有一段的距离，这条路上人流量倒是很大，但是在他们摊位前驻足的人却很少。

几个钟头过去，他们的摊位生意惨淡。

“这也没办法，”叶泽安慰失落的苏然，“离景区太远了，地理位置不好，不适合摆摊。”

苏然沉默片刻眼前突然一亮，她一拍大腿：“有了！”

叶泽正疑惑着想要开口，却见身旁的苏然早已飞奔了出去，她热情地拦下两名游客问她们想不想了解本地的历史，并顺势将他们带到自己的摊位前。

接着，苏然拿出一个小木簪递给游客中的一名女性，耐心地跟她介绍这是当地人手工制作的，手艺是一代一代传承下来的。苏然绘声绘色的讲述成功吸引了游客们的注意力，他们的摊位前渐渐有了许多看热闹的游客，不到半日小摊上的物品便被卖出大半。

“厉害了！看不出来你还真有一套！”叶泽目瞪口呆地看着已经销售出去的物品单子，立刻对苏然刮目相看。

“那是自然，只有想不到，没有做不到。”苏然嘻嘻一笑，“看来今天我们可以早些收工了！”

到了下午，苏然延续着上午的操作，叶泽也在一旁帮忙，对于S市的历史他比苏然更加熟悉，面对游客的疑问苏然答不上的地方叶泽也能及时回答。短短两个小时，他们摊位的商品便被销售一空。

卖完货后，苏然拉过叶泽走到身后的绿荫处，说道：“怎么样，你有没有觉得我很厉害？”

“有，太有了！”叶泽看着苏然那一脸“快来夸我”的表情，抿嘴笑道，“满意了？”

“满意了，不过我这么厉害，你是不是该奖励我？”苏然说完拿出了自己的手机，然后晃着手机说道，“我想跟你合一张影，以此庆祝我首战告捷。”

对于合影的要求，叶泽没有拒绝，他淡定地拿过苏然手上的手机，然后说道：“行行行，今天你是功臣，都满足你。”

说完，叶泽就拿着手机，一手礼节性地拉过她，然后让她对着镜头做出笑脸。被夺走主动权的苏然，呆呆地看着镜头里的自己，条件反射地露出一个笑容。

“咔嚓”一声，两人的笑容定格在手机里。当苏然与叶泽拍完了照片后，摊位的老板也回来了。

今天一天的工作进行得非常顺利，叶泽也因此对苏然有了更深一步的了解。他原本想着苏然虽热心肠但还是一个初出茅庐的小丫头，却不曾想她竟对销售如此有天分。

到了晚饭时间，景区外也热闹了起来，原本在清晨还略显冷清的街道，此刻变成了人潮涌动的夜市。如同《千与千寻》里梦幻的夜市场景，灯火与炊烟交相辉映点亮了天空，小贩们在自家馆子前摆上桌椅，待游客入座后麻利地忙前忙后。

苏然闻到饭菜的香味，肚子不争气地“咕咕”抗议。她今天一整天都没有吃什么东西，只吃了一些小零食与叶泽递来的压缩饼干。此时闻到饭菜香，肚子里的小馋虫开始苏醒。

“我们吃点东西吧？”

“要不要吃点东西？”

两人同一时间开口，话音刚落，两人默契地相视一笑。叶泽指了指前方不远处的小摊位，介绍道：“那家的干锅排骨很好吃，老板是正宗的四川人，我们要不要试试？”

“好！”苏然点头如捣蒜，体内的馋虫令她失去理智，况且她也很喜欢四川菜。

叶泽领着苏然来到店内，刚坐下，店内的服务员便笑着迎上来招呼。叶泽点好菜，服务员拿着菜单飞快地跑去后厨。不一会儿辣香四溢的排骨端出，刚放上桌，苏然便按捺不住开始大快朵颐，风卷残云一番后排骨已被苏然吃去一半。叶泽讶异苏然这个小小身躯竟有如此强大的战斗力，看着她吃得满嘴油光的可爱模样，他“扑哧”一声笑了出来。

“你笑什么？”苏然皱眉，嘴却没有停，咬着一块排骨咀嚼着。

叶泽递上餐巾纸，指着自己的嘴角道：“擦擦油。”

反应过来的苏然窘迫地接过纸巾胡乱地抹了抹嘴角。自己不顾形象、胡吃海塞的模样一定特别难看，苏然懊恼地捶捶脑袋。

饱腹后，叶泽直接走到前台结账，刚掏出钱却被苏然拦下。

“这次我请你，”苏然大手一挥将叶泽一把从前台推开，“这两天你带着我见识到了许多新鲜事物，这顿饭就当我谢你的。”

苏然挥了挥手中今天老板奖励的两百元，如一个小富婆扬起高傲的笑容。

“行，那我就不跟苏富婆争了！”叶泽欣然答应也不忘打趣。

“你才是富婆，不许把我说得这么老！”苏然举起拳头威胁他。

刚出店门，一颗雨滴掉落在苏然的头顶。苏然抬头，原本布满星辰的天空不知何时被乌云掩盖。

“糟了，下雨了！”叶泽话音刚落，淅淅沥沥的雨水随之敲响了地面，印出了水花。夏日的雨总是突如其来，不给人任何准备的时间就淅淅沥沥地砸向被烈日烤灼了几日的青石板，小贩们连忙将摆放在屋外的桌椅收回屋内。

“这附近有卖伞的吗？”苏然问道。

“没有。”叶泽摇摇头。

“那咋办？”

“跑回去！”

“啊？”苏然还未回过神来，叶泽便拉过她的手奔跑起来。

夏日的雨水带着温热的湿度，溅起的水滴打湿苏然的裙角。奇怪的是苏然并不排斥，内心反而奇妙地燃起一丝兴奋，她感受到叶泽手中传来的温度，这样亲密的接触让苏然的小心脏“扑通扑通”地一阵乱跳。

04

回到旅店后，苏然立马去洗了一个热水澡。刚吹干头发苏然便听见一阵清脆的敲门声，门外站着的是叶泽。

“有什么事吗？”苏然不知怎么回事，看见叶泽竟有些莫名地害羞起来。

“我刚才忘记跟你说了，明天休息一天。”叶泽道。

“为什么？”苏然问，“你明天有什么安排吗?”

“明天我要去拍摄瀑布，今天不是刚下雨吗，我看过天气预报，说是下雨会持续到后半夜，所以明天的瀑布可能会出现彩虹，我不想错过那样的美景。”

“我能跟你一起去吗？”苏然问，生活在城市中的她几乎没怎么见过彩虹。

“可以是可以，但是我明天凌晨四点就要出发，你起得来吗？”

听到凌晨四点苏然有些犹豫了，她虽然熬夜当过夜猫子，可是这几日白天忙碌到了晚上沾床就睡，苏然没有自信能按时起床。

“一定要这么早吗？”苏然为难地看向叶泽。

“白天去的话游客会比较多，我担心不能占到好位置拍照，”叶泽说，随后顿了一下，道“毕竟我答应过别人要拍最好看的彩虹给她。”

答应过别人？苏然想着这句话，很自然地问道：“答应了谁啊？”她自己都没有注意到自己的这句话里带着一丝醋意。

“一个很重要的人。”叶泽冲她神秘地眨眨眼。

苏然回想着这几日叶泽都会按时接听的一个神秘电话，难道是他的女朋友吗？想到这里，苏然的心有些沉重，一种莫名的情绪涌上心头。

“我跟你一起去。”苏然这句话脱口而出，竟是不自觉的。

“啊？”叶泽有些吃惊，却见苏然一改刚才的为难神色，此时的她眼神中带着坚决。

“你不怕休息不好？”

“你能起来我也能！”苏然见自己被小瞧了，朝着叶泽翻了一个白眼，“你可别小看我。”

“好吧，好吧，四点钟准时到旅店大厅集合。”叶泽对苏然的强硬并没有什么反感，这几日他也习惯了苏然的小倔强。

但他还是半信半疑的，结果到了第二天凌晨四点钟，却真的见到扎着整齐马尾辫的苏然站在门口等候。

“你还真起来啦！”叶泽有些惊讶，还有些佩服这小女生的倔强。

“当然，你可不要小瞧我。”苏然毫不客气地回道。

他们坐上已经预约好的快车，还是凌晨时分，马路上几乎没有行人和车辆，司机只开了四十分钟便到了。

走了没一会儿，水帘一样秀气漂亮的瀑布映入两人的眼中。夏日的天总是亮得很早，还不到五点天边已经透出一丝曙光。

透过细微的阳光，苏然看见瀑布水汽弥漫着，瀑布的水势因上下河路而发生着变化。

如果说下路的瀑布宛如娇羞待嫁的新娘，那么上路的水势就像个捍卫孩童的母亲，每根水柱激撞在山涧的石头上，气势豪迈声如奔雷。

身旁的叶泽举着相机，在调整了多个角度后开始对着瀑布拍摄。苏然没有去打扰叶泽，而是静静地坐在瀑布前的卵石上。

过了二十分钟后，太阳从天边缓缓地露头，橘色的阳光刚一扫到瀑布上，苏然立马起身指着瀑布前方兴奋地喊道：“彩虹！”

正在拍摄的叶泽顺着她的目光望去，此时在水柱炸开的石柱上环绕着一圈淡淡的虹光，“咔嚓”一声，叶泽将其收录到自己的相机中。

“真美啊！”苏然痴痴地望着彩虹，嘴角扬起一抹甜甜的微笑。婆娑的树影随着阳光在她的身上流动着，叶泽情不自禁举起相机将眼前的人与景一同拍下。

时间过得很快，到了早晨七点阳光已经无限充沛，早起的游客已经纷然而至，叶泽将单反放入相机包内与苏然离去。苏然三步两回头，她觉得还没看够，但是比起刚才的兴奋她的内心已经平静了许多，久违的困意瞬间来袭，苏然忍不住打了一个哈欠。

苏然翻看着叶泽拍摄的照片，相机里装满了这几天的风景。苏然饶有兴致地翻看着，当翻到今天某张照片时她的手忽然间停住了。

照片里的苏然身着白色的长裙站在瀑布下，嘴角微微上扬，她的背后是初升的暖阳，温柔地将她包围。看到这一幕，她有些诧异，随后内心泛起点点的甜。

“当时你站在瀑布下非常的有活力，我一时没忍住拍了下来。”叶泽略显尴尬地挠了挠头，解释道。

苏然却扬起嘴角，问：“这张照片可以洗出来送我吗？”

“当然可以。”叶泽回道。

苏然的目光久久地在照片上停留，她抚摸着照片上的风景，脑海中想象着叶泽拍这张照片时的神情，是否也是同样的专注呢。

05

景区外一些商贩出来摆摊了，因为是早上的缘故，出来摆摊的多是早餐类的商摊。苏然有些馋嘴，与叶泽商量了片刻，然后决定在这里用过早点再回旅店。

在琳琅满目的早点铺前望了望，苏然的视线在一家名为“长生包”的店铺前停下。

“长生包？”苏然眨眨眼，这个名字倒是挺有意思的。

“小姑娘要吃点什么吗？”小铺的老板是一位中年大叔，他笑呵呵地招呼苏然。

“老板你这里卖什么的？”苏然问。

“包子啊，药膳包子。”小铺老板回应道。

“多少钱一个？”

“十块钱。”老板一口价。

“这么贵啊！”苏然半信半疑。虽然说作为吃货也吃过不少贵的食物，但人家至少店铺像模像样，对得起那个价钱，而眼前这里一个露天小摊上的包子就要十块钱？难道这包子镀金了吗？

“小姑娘这你就不懂了吧，”老板见她狐疑的神色也不动怒，耐心地解释道，“别看我这个摊位破烂，但我这包子以前只有这儿的大户人家才吃得起，里面包的药材可是非常名贵的，吃了对身体可好了呢！而且整个中国只此一家。”

苏然转念思考了片刻，来旅游就图一个新鲜。这包子的价格虽然贵了些，但是加了上好的药材的话，肯定是不一样的。这么想着，苏然抬头对老板说道：“那就来两个吧！”

“好嘞！”老板很是爽快。

苏然提着包子走到正在豆浆铺前排队的叶泽身旁，将包子递给了他："给！"

叶泽狐疑地接过包子，闻了闻，一股药材的清香味扑面而来："药膳包！"

苏然点点头，随即说道："是啊！这包子超级贵，十块钱一个！"

叶泽有些咂舌："多少钱？"

"十块！"苏然又回答了一遍。

"这包子在青旅也有卖，"叶泽无奈地敲敲她的额头，说道："一块钱两个。"

"什么？"苏然惊讶得差点将口中的包子掉在地上，"一块钱两个？我怎么不知道？"

叶泽有些无奈，他看着两个已经被咬了缺口的包子："现在换已经来不及了，就当花钱买个教训吧。"

苏然略显委屈地撇了撇嘴，叶泽安抚地轻轻拍了拍她的头："好了！别气了，二十块钱而已，还好没被坑更多钱。"

"二十块也是钱啊……"苏然小声嘀咕着。

坐在回程公交车上，苏然一直沉闷着不说话。叶泽用手肘轻轻顶了顶她的手臂："还在想包子的事吗？不要因为一些小事破坏了自己的好心情！"

苏然给了他一个白眼。

叶泽讪讪地笑。自己也真是，哪壶不开提哪壶。

"这样吧，我给你讲一个笑话。"叶泽转了转眼珠，说道。

苏然看了他一眼并未理会。

“你知道‘对不起’中间加哪一个字会让意思变得悲惨吗？”叶泽自顾自地开始问道。

苏然沉默。

“对！买不起！”叶泽没有等苏然回答，直接公布了答案。

“扑哧”，苏然忍不住笑出了声，说道，“哪是笑话，这么冷！”

“你终于笑了……”叶泽心里的一颗小石头总算是落了地，“还要不要听？”

“别，”苏然连忙阻止他，“大热天的我怕被你冷死。”

“你现在还困吗？”叶泽看了看外面的天色，昨晚的大雨过后今天的天气竟也凉爽了不少，就这么回旅店睡觉倒是可惜了这好天气。

“不困，你想干吗？”苏然疑惑地看向他。

“要不要下午去水泊湖玩，我在那里做过兼职，和那里的老板熟，可以要到两个工作牌……”

“你的意思是可以免费游玩？”苏然瞬间抓到了重点。

她的情绪转折也太快了点吧！叶泽无语，前一秒还在闷闷不乐，后一秒却精气神十足。

“对，免费的，去吗？”

苏然比了个“好”的手势，说道：“行！”

手机的震动声却在此刻响起，叶泽从随身包里掏出手机，上面显示着视频对话，叶泽毫不犹豫地接起来。

“怎么样？彩虹拍到了吗？”是女孩子的声音，苏然不自觉地竖起了耳朵。

“拍到了，回去我给你洗出来让你挂在房间。”叶泽的声音充满了宠溺。

苏然用余光偷偷瞟了一眼叶泽的屏幕，视频中的女孩有着跟他一样白皙的皮肤，笑起来有两个甜甜的酒窝，这样的女孩谁见了应该都会喜欢吧。

看来这两天叶泽一直与视频中的女孩煲电话粥吧。这样想着的苏然心中忽然有些淡淡的失落。

打完视频电话后，叶泽看向身旁默不出声的苏然，说道：“我们现在先回青旅休息一下，下午出发去往水泊湖。”

“嗯。”苏然的回答有些心不在焉，她的思绪还停留在刚才叶泽的视频电话那儿。

打电话的女孩和叶泽是什么关系？真的是他的女朋友吗？

苏然想着，情绪更低落了。

06

到了下午，睡了一觉体力充沛的苏然与叶泽赶上一班去往水泊湖的公交车。水泊湖景区门口，游客们排起了长长的队伍。叶泽担心苏然走丢，于是紧紧地拽着她衣袖的一角在人潮中穿梭。

苏然凝视着叶泽的背影，斑驳的树影随着阳光在他的身上流动着，心中升起一种被人保护着的安全感。她与他的指尖在走动中时不时地轻轻碰撞，似乎有一股电流透过指尖直达苏然的心脏。

在售票处门口站着一位中年大叔，身着淡黄色的短袖衬衣。他时不时地看着前方的人流，当他看到叶泽与苏然的身影，连忙伸手招呼道：“这里这里！”

看到目标，叶泽拉着苏然飞快地上前与大叔会合。

“胡伯，不好意思来晚了。”叶泽双手合十略带歉意地说道。

胡伯有些发福的脸上露出憨厚的笑，他拍了拍叶泽的肩笑道：“没事。”说罢他看向叶泽身后静静观望着的苏然，轻声询问，“这位便是你早上和我谈起的那个小姑娘？”

苏然走上前礼貌地打招呼：“胡伯伯好，我叫苏然。”

“你好，你好。”胡伯温厚地笑着，从随身挎包里掏出两张工作牌递给叶泽，“你们进去吧，好好玩，只要出示这个工作牌景区的项目都可以免费游玩。”

苏然点头，郑重其事地戴好工作牌。胡伯闲聊了几句后便与叶泽、苏然告别。叶泽领着苏然从售票口旁的工作人员区进入景区。第一次进景区没有买门票，苏然有些新鲜，嘴角止不住地笑。

“傻瓜！”叶泽笑她。

苏然挥舞着拳头警告叶泽：“你才傻瓜。”

水泊湖的景区分为A区与B区，传言这湖泊是仙女纺织的彩衣不小心落入凡间幻化成的湖水，湖水清澈见底，肉眼望去能看见水中鱼儿游动的身影。

在网络上水泊湖被形容成“求婚胜地”，常常有情侣在此求婚约定终生。苏然虽为单身，可也想见识一下这湖水的神奇。

下了缆车，一大片绿色的湖泊映入苏然的眼底。苏然欢快地跑去，水泊湖果然名不虚传，清澈的湖水在阳光下泛着光晕，湖水上方升起的阵阵雾气将湖泊染成仙境一般。

“好漂亮！”苏然感叹。

“你知道吗？这湖泊的传言其实有一部分并不真实。”叶泽走到她的身旁说道。

“啊？”苏然眨眨眼。

“传说是仙女纺织的彩衣不小心落下，但实际是仙女爱上凡人，为了能与爱人长相厮守仙女自愿被剥夺仙位跌入凡尘，将自己的身躯幻化为湖水永远地守护着爱人。”

“真是……”

“真是老土的爱情故事，对吧？”叶泽笑眯眯问道，苏然那句“真是凄美的爱情故事”被他的话生生堵在嗓子眼。

“那她爱上的那个凡人呢？”苏然问。

“成了一颗石头，永远地守在湖泊旁。”叶泽指了指湖泊旁的那颗巨石，在巨石下立着一块牌子，名曰，“望妻石”。

“嫁给他！嫁给他！嫁给他！”

身旁聚集的人群突然起哄起来，苏然凑过去一看。一位青年男子手捧着鲜花与钻戒单膝跪着，他身前的女孩娇羞地看着他。幸福来得太过突然，女孩的眸中盛满感动的泪水。

“看来我们的运气真好，刚来就碰见了求婚场景。”叶泽站在她身边感叹道。

“真幸福啊！”苏然有些憧憬。

“你有女朋友吗？”苏然突然问道。

叶泽愣了片刻，眨眨眼调皮地一笑：“你猜。”

“有？”苏然问道，“还是没有？”

“你呢？你有没有男朋友？”叶泽反问她。

突然被反问，苏然的脸颊有一丝泛红，叶泽凝视着她的目光令苏然有些看不透，沉思片刻，苏然回：“没有。”

“谈过恋爱吗？”叶泽得寸进尺。

苏然摇摇头，突然才想起刚才是自己先发问，于是愤怒道：“明明是我问你的，为什么我回答了你这么多。”

叶泽哈哈大笑，佯装无奈道：“是你自愿告诉我的。”

苏然白了一眼叶泽，不想再理会他。

两人在水泊湖玩了一个下午，临近傍晚太阳快要下山时，苏然与叶泽才乘着公交车返回青旅。

第四章

KEAIDESHIGUANG
KEAIDENI

04

左心房里的故事，一定有你

大概所有女孩子都会因为一个人而喜欢一件事吧。

01

时间过得很快，一晃眼，苏然与叶泽的旅行时间只剩下最后一天。

叶泽与苏然打算在镇子上买一些特色产品作为手信带回去，苏然吃过一次亏，这次尤为注意。但她的担心是多余的，当她拿起一个小玩物准备与商家讲价时，叶泽轻轻松松就砍去了近一半的价格，苏然咂舌。与他相处这么多天她竟然不知道叶泽竟是砍价好手。

苏然干脆直接把砍价的活儿交给叶泽，自己只负责在叶泽砍价后给钱就行。

短短一个上午，苏然便收获了两大袋战利品。

穿过一个小巷，苏然突然在一间咖啡店前停下脚步。

“进去坐坐吧。”苏然说。

叶泽看向这个咖啡店，神情却有些讶异：“怎么想到来这里？”

“你不是夸过这家的咖啡很好喝吗，”苏然说，“我觉得你应该想来这里。”

苏然的细心令叶泽有些愣神，只是片刻，叶泽的表情恢复如初，扬起一个笑容：“谢谢你。”

苏然选了一个靠窗的位置坐下，窗外是流动的旅客，叶泽拿过饮品单询问了一下苏然爱喝的口味后点了两杯拿铁，服务员拿过单子礼貌地道了声“稍等”后离去。

咖啡店里放着节奏轻缓的轻音乐，苏然非常喜欢这样的慢节奏，看着窗外的景色，听着旋律俨然是享受的模样。

“我记得没错的话，你是马上要读大学了吧？”叶泽问道。

苏然点点头：“对啊。”

“什么专业？”叶泽与苏然闲聊了起来。

“地理。”

这个答案令叶泽有点惊讶，毕竟地理不算是个热门专业。

“咦！”苏然的余光扫向一边，轻轻地讶异起来，叶泽随着她的目光望去。

离他们不远处有一个木架，上面摆满了明信片，明信片的图案是这个城市的水粉画。

架子上放着一个小木牌写着：“给未来的你。”

服务员上前给他们解释道：“购买一张明信片写上地址，我们可以在你想要的任何时间点将明信片寄给你。”

苏然来了兴致，买了一张明信片回到座位，想了想，寄给了三年后的自己。

她填上大学的地址，叶泽用余光扫到她填写的城市有些微微的诧异，M市？

苏然在明信片上写了一句话：

致未来的你：

现在，你在做什么呢？

在咖啡店里悠闲地坐了一个下午，苏然回到青旅开始收拾起自己的行李。

林轩打电话来，问了问飞机到达的时间点，约定好来接她。

收拾完了两大包行李，苏然才发现来的时候只简简单单带了一个行李箱，离开的时候除了行李箱还提了很多东西。

苏然望着手上的各种手提袋，里面装满了她在S市的回忆。

明天真的要分开了，苏然的内心涌起一丝酸楚。以后还有机会见到他吗？苏然在心中轻轻地问。

第二天，他们早早地出发前往机场，买好票后在机场吃了一个早餐。时间过得很快，叶泽的飞机比她早一个小时起飞，她站在登机口前与叶泽挥手道别。

“以后还有机会见面吗？”苏然问这句话时自己都没有注意到她的话中带着浓浓的不舍。

“会有机会的，”叶泽摸了摸她的头，“说不定在不久的将来我们就会在下一个城市遇到。”

苏然知道叶泽这是安慰她的话，强忍住在眼眶中打转的泪水，深吸一口气从随身的背包里拿出一袋咖啡豆递给叶泽。

“送给你。”

苏然微笑着，控制着自己的情绪。

叶泽接过咖啡豆道了声谢，看着苏然笑得比哭还难看的模样，他拍拍苏然的肩：“想哭就哭出声来吧，我知道你舍不得我。”

苏然破涕为笑，一巴掌呼了过去，轻笑道：“谁舍不得你了，别这么自恋！”

叶泽爽朗一笑，随后将她拥入怀中。苏然被这个突如其来的拥抱吓到，但她却没有推开他，叶泽在她的耳畔轻轻道：“再见了，苏然。”

“再见。”苏然回他。

叶泽拖着行李箱走向登机口，苏然望着他的背影久久不肯转身。

真的有再次相遇的机会吗？

其实旅途中的分别是常有的事情，可苏然第一次觉得，分别是如此残忍的事情。

再见了，叶泽。

苏然呢喃。

02

M市。午后的阳光依然炙热，苏然与林轩并肩走着。苏然垂着头，心情欠佳。回到M市后，苏然才想起来，她跟叶泽分别前，自己的那张照片叶泽都还没有给她。而这一分别，苏然真是不知道自己还有没有可能再见到叶泽了。

林轩看了看前方，M大的新生报到处早已经有长长的队伍排成了一条龙。

林轩拖着苏然站到了队伍的最后面，把笨重的行李箱放置在一边，苏然用手掌心挡着额头，林轩侧身站着。

由于排队的人多，苏然也不知道站了多久，直到身前多了些阴影，她才有些后知后觉。苏然抬眼便看到了林轩棱角分明的下巴，她有些不习惯地侧了侧身，然后继续用掌心顶着烈日排队。

“不开心？”苏然的反应，林轩自然看在眼里，他总觉得苏然旅行回来后，情绪就有些不对了。林轩细心地观察着苏然的每一个表情，想探出究竟。

“没……”苏然将手里一直把玩的风铃小心翼翼地装进包里，若无其事地耸耸肩，看似很洒脱，然而细心装风铃的姿态却出卖了她。

林轩突然有点好奇，苏然在旅途中究竟是发生了什么事，旅行前后竟然会有这样大的落差。

队伍慢慢地向前挪动，头顶的阳光开始西斜。

“苏然。”

苏然在听到有人喊她的时候微微怔了怔，毕竟她才刚入学，按理来说除了林轩不该有人认识她，苏然闻声看向身后，却没想到身后叫她的人竟是叶泽。

苏然一下愣住了，她呆呆地打量着眼前的男生——简单的白衬衣，黑色的休闲中裤，脖子上挂着相机。他似乎是跑过来的，光滑的额头上清晰可见小汗珠。

“你怎么……”苏然有点惊讶地看着叶泽，想说的话说到一半又停住了。虽然在旅途结束后她也有幻想过未来某一天会和叶泽见面，但是她没想到会这么快，还是在学校里。

“我没来得及告诉你，其实我也是M大的学生。”叶泽看着已经惊讶到说不出话的苏然，默默挠着头，说道，“你……就没有什么话想跟我说吗？”

“你是M大的学生，你居然不告诉我？”苏然看着此刻老实交代的叶泽，不悦地眯眼问道。

“呃，你也没问啊。不过有没有觉得很惊喜？”

“惊吓还差不多！”苏然翻了个白眼，就在这时队伍已经排到了苏然这里，苏然看了看站在一旁的叶泽，然后挪到了林轩后面，示意林轩先报名。

“你也大一？”苏然站在林轩身后，问叶泽。

此时站在前面的林轩一边处理手续，一边默不作声地打量了一下叶泽。说实话，在看到苏然对叶泽的第一反应时，林轩心中有关苏然的疑虑似乎全部有了答案。

苏然回来后所有的失落应该都是来自于这个人吧！

“小傻瓜，我都大四快毕业了，要叫我学长！轮到你了，你先报名，我在这儿等你。”虽然苏然换过位置，但也拖延不了多久，马上又轮到了她，叶泽说着指了指报名处。

苏然看着叶泽，轻轻地点了点头，然后开始准备入学的手续。此时的她看起来和平常无异，但是内心却波涛汹涌。

她和叶泽重逢了？叶泽和自己是校友？这一切都像是幻觉一样。

报完到，三个人走到了一起，苏然后知后觉，竟然忘了介绍那两个人认识。

“忘了介绍。”苏然停下脚步，指了指叶泽，“这是叶泽，我旅游时认识的朋友。”

叶泽礼貌地笑了笑，原本想要伸手握手表示一下善意，但对上林轩略带疏远的眼神时，他伸出的手又缩了回来。

“这是林轩，我铁哥们。”苏然说这话时拍了拍林轩的肩膀，林轩身子僵了僵。林轩其实想反驳她，但他却又无力反驳，在苏然心中，他就是她的铁哥们。

林轩不自然地扭头，对上叶泽看过来的眼神时，微微侧过头，避开了他的目光。

林荫小道上，四处都是成群结队拖着行李的新生。叶泽抱着相机，跟苏然介绍学校的一些风景和历史。

M大有百年的历史，许多过道和建筑都称得上古董，景色自然也是不错的。

苏然心情很好地等叶泽拍完，拿着相机翻看。

“你洗出来给我几张呗。”重逢之喜已经完全取代了苏然之前的失落，苏然打趣道，“叶泽学长。”

“好啊。”叶泽晃了晃神，垂下眼看着苏然。苏然的长发扎成两个麻花辫，素净的碎花裙，旅游晒黑的皮肤回来后也变白了一些。

苏然一路与叶泽说说笑笑，林轩一直跟着，不出声，仿佛一个透明人一样。

三个人不知不觉走到了M大的食堂外，M大食堂口碑极好，很多菜又便宜分量又足，深受学生喜爱，尤其以糖醋排骨和菠萝饭闻名。

“我饿了，去吃饭吧。”苏然咂了咂嘴，期待地看着叶泽。叶泽刚上大四，在这儿三年应该非常了解M大校内以及校外的美食吧。

苏然提议三个人出去吃饭，要庆祝一下与叶泽重逢，也庆祝她和林轩彻底告别了高中生活。

叶泽没有异议，将相机取下来小心地放进相机包。

苏然用询问的眼神看向一直没说话的林轩。

“你们去吧，我去搬行李。”林轩看了看苏然有点期待的眼神，抿着嘴拒绝了和叶泽去吃饭。

“为什么啊？我们吃完饭回来可以一起搬。当然了，叶泽当苦力！”苏然指了指叶泽。

叶泽扬了扬手，神情一片明朗，对于苏然的“突然袭击”也是一脸宠溺。

“下次吧。”说完这句话，林轩便独自离开了。

苏然有些懵，莫名地，她感觉林轩今天有点不对劲。

03

林轩好像有点不悦？为什么不悦呢？

叶泽抿了抿唇，是因为他吧。叶泽的视线落在苏然身上，在苏然转身时又快速地移开。

“那我们走吧。”

等会给林轩打包吧，她才不是那种自私的人。

两人并肩往校门口走，叶泽还沉浸在自己的思绪里。

“你朋友好像不太喜欢我。”叶泽肯定地给出结论。女人有第六感，男人也有直觉。

“他又不是女的，喜欢你干吗？”

叶泽被噎住，又仔细想了想，苏然说的也挺有道理。林轩又不是女的，喜欢他才是不正常。

“来学校前，我就听说校区外面有家粉特别好吃，我带你去请你吃。”苏然有些小小的得意，之前出去旅游没做好准备，跟叶泽混了那么久，她也学会了提前做准备，做规划。

苏然走路时两根辫子便甩起来，细碎的阳光落在她身上，随着她的步子跳跃。叶泽缓步跟在身后，觉得眼前的女生甚是可爱。

两人一路说笑着到了那家店，店家的生意很不错，门口竟然排起了有些长的队伍。

苏然摸摸肚子，饿是真饿，只是队也是真的不想排。

“去别家吃吧。”苏然无奈又惋惜道，“下次再来。”

校区外就是小吃街，琳琅满目的小吃让女生移不开眼。两人最后选择了快餐，便宜又实惠。

叶泽选了靠窗的位子坐下，而苏然去点菜区点菜了，叶泽趁着这个工夫拿出之前旅游时拍的照片。

这次回来，洗照片的时候叶泽特意洗了两份。那次无意间看到苏然填写的地址，他感觉缘分真的很奇妙。

点的菜已经上桌，叶泽将分好的照片递给苏然。

“给我的？”苏然咬着筷子，有些惊奇地接过那厚厚的一沓照片。

“不是给你的，给你看看而已。”叶泽回答得有些欠揍。苏然扬起拳头。

“随你怎么说，反正不给我，现在也在我手里了。”苏然得意地扬了扬手中的照片。

叶泽不再理会她，拿起筷子吃饭，苏然同他讲话，他也只是有一句没一句地应着。

苏然兴致勃勃地开始看照片，完全不在乎叶泽的敷衍。

苏然吃完饭给林轩打了电话，本来想给他打包一份，问他想吃什么。林轩只说随便，苏然犯了难。

她也是第一次来这里吃，不知道哪些菜好吃，哪些菜不好吃，更重要的是她还有选择困难症。吃完饭后，苏然站在点菜区，指了指这道菜，又看了看那道菜，每次都在打菜人员准备给她打包时，她就连忙摇手放弃，弄得打菜大妈都要发火了。

叶泽看着苏然一脸纠结的模样，在后面笑出了声，苏然瞪他。

最后还是叶泽照着自己的口味选了几道菜，但苏然注意到叶泽同时多打包了一份饭菜，于是下意识地问他给谁打包的。

“我帮我妹妹打包的，下次介绍你们认识。”叶泽倒是坦诚。

苏然想到了之前叶泽口中那个重要的人，难道说是他妹妹？这么说，叶泽还没有女朋友？

“你妹妹一个人吃这么多啊？”苏然指着叶泽手里的打包盒，叶泽妹妹难道是个大胖子？

叶泽爽朗一笑，解释说：“她比较挑食，所以多打一点。”

苏然一听，有些感动。叶泽这么贴心的哥哥她也想要。

叶泽将苏然送到了校门口，然后两人在门口分别。

“谢谢你的照片。”苏然拍了拍书包，里面放着叶泽给她的相片。

“谢谢你请的饭，我替我妹妹谢谢你。”叶泽抬了抬提着的袋子。因为打包了两份饭，苏然干脆都一起结账了。

苏然扑哧一笑，热情地让叶泽下次要带他妹妹一起出来玩，她想认识一下。然而叶泽听到这句话笑容停顿了几秒，随后又恢复正常说："好，有空带她出来。"

跟叶泽告别后的苏然提着打包的快餐直接去了男生宿舍找林轩。宿舍阿姨将她拦在楼下，一本正经地说女生不能进男生宿舍。

进进出出的人有些多，阿姨声音又大，苏然脸红，顶着众多同学好奇的眼光掏出了手机打电话让林轩下来。

苏然提着袋子站着，小手臂和额头上往外冒着汗珠。

林轩出现在楼梯口，见到苏然被晒得脸蛋红红的，加快了脚步。

"谢谢。"寻了处阴凉点的地方，林轩提着袋子，米饭的香气在鼻翼间游荡。

"行李已经帮你搬上去了，你回去自己整理一下。"肚子里也适时地蠕动了一下，林轩咽了咽口水，其实在帮苏然搬行李那会儿他就已经饿了，搬完行李后更是饿得不行了。

"男生不是不能进女生宿舍吗？"苏然歪着头，一脸不解地问道。

"我跟宿管阿姨说我是你哥哥，她就让我进去了。"林轩眨眨眼。

"那你先吃，我回去整理。"苏然将照片整理好放进书包，拍了拍林轩的肩膀，"辛苦了我的大兄弟。"

林轩着急下楼而跑红的脸才刚刚褪了点色，此时因为苏然的一句话又变得绯红。

林轩催促苏然赶紧走，他把饭菜拿回宿舍去吃。

苏然一蹦一跳地离开，看得出来她心情很好。

04

大概所有女孩子都会因为一个人而喜欢一件事吧。

苏然也不例外，来到M大后，她选择加入了摄影社团。早前来的时候苏然也有特地打听过M大的摄影社团，在得知一系列好评后便在心里定下了。

但由于错过了社团招新的时间，所以她只能自己去摄影教室毛遂自荐了。

刚开学人生路不熟，苏然也不知道摄影社团在哪儿，只能一路走一路打听，终于找到了社团所在地。

摄影系今天也十分热闹，苏然以为是欢迎新生才这么热闹，小心翼翼地靠着墙摸进去，却发现自己分不清在场的新生与学长。

就在苏然思考着怎么在这么热闹的气氛里申请加入社团的时候，她才在人群中发现了一条横幅：

欢迎叶泽入社。

这、这是什么情况？苏然一时间忘记了自己此行的目的，打量起周边的环境来。教室里，墙壁两旁的桌子拼成一条，桌上摆着精致的零食，讲台上还放了一些鲜花，看起来社团为了欢迎叶泽用心了。

难道叶泽也是摄影社团的成员？

只是她环顾了一周，却并没有看到叶泽。

教室里有个临时布置的木板，木板上用软钉钉了许多照片，下方都有学生的署名。苏然的目光很快被这些照片所吸引。

苏然看着木板上的照片，各色风景映在她的黑色眼珠里，街道、黄昏、云朵、蓝天，还有雨后的新笋……

“你是新生吧。”

好听的声音自身后传来。

苏然转身便看到一个极其好看的女生。女生的发尾微微卷翘，脸上化着精致的妆容。

“学姐你好，我是大一新生苏然。”回过神的苏然略显紧张地自我介绍道，“那个，我很喜欢摄影，因为之前临时有事没能参加社团招新，不知道我现在申请是不是还来得及？”

“来得及哟，小学妹。”女孩的笑声清脆，而且笑起来的时候脸上有两个小小的梨涡，眉眼弯弯的样子让苏然紧张的心情有些放松。

她看苏然放松了点继续说道：“我叫苏杭，是社团的社长助理，我现在带你去填写个申请表就可以了。”

“就这么简单？”

“不然呢？”苏杭笑了笑，然后扭头往另一头走去，道，“来，跟我过来。”

苏然跟着女孩，一路看过去，苏然看到有几张照片很是眼熟，于是停下了脚步。

那是叶泽拍的。

“这是叶泽学长拍的，”苏杭见苏然一直盯着照片看，便折回来向她解释照片来历。

“小学妹知道叶泽学长吗？在大学摄影圈里，他的作品很亮眼，他是今年才转学过来的，今天的欢迎会也是为他举办的。”苏杭话语间透露出来的崇拜简直不能再明显。

苏然在心里偷偷地说：“叶泽是我好朋友。”

一股骄傲感油然而生，叶泽和她是朋友。

不过，叶泽是今年刚转学过来的？他以前不是M大的学生？

就在苏然满腹疑问的时候，嘈杂的教室忽然安静下来，她转过头便看到叶泽出现在人群中。围绕在他身边的人很多，苏然只看到叶泽的一个头。

“我们一起过去吧。”苏杭说道。

被众人团团围住的叶泽身上仿佛散发着耀眼的光芒，那光芒几乎刺伤苏然的眼睛。

叶泽太优秀，优秀到让苏然没有勇气告诉眼前这个大女孩叶泽是她朋友。

“抱歉，我还有点事，先走了。”苏然仓皇离去，胸口闷闷地憋了一口气。

苏杭朝着远去的背影摇摇头，浅浅的笑意不散，转身向着被众人包围着的叶泽走去。

窗口未关，暖热的风吹着，教室上方的电风扇摇出来的都是热气腾腾的风。

叶泽进来就看到了苏然，只是还没来得及走过去同她打招呼，他就被人包围了，挪不开步子。

眼看着苏然离去，叶泽依然无法脱身。今天是他的欢迎会，他是主角，自然是不能离开的。

只是，苏然不是地理系的吗？她来摄影社团做什么？

05

新开学，苏然一直忙于各种事情，未能好好和室友以及新认识的朋友有多少交流。当她闲下来后才发现，不管是室友还是同学都已经三五结成群了，而她却落了单。

林轩也有自己的事情要忙，没空陪她，她只能一个人在校区游荡，也算是熟悉M大吧。

M大算得上是百年名校了，校园内处处景象都彰显着岁月的痕迹。

M大的绿化做得也不错，一路上可以看到许多种类的树，并且很多树上都挂着领养人的姓名，这让苏然想起之前学校有关领养树苗活动的帖子。

虽然此刻已快入秋，但天气还是有股散不开的闷热，许多人都躲在树下乘凉，希望那绿油油的树叶能阻挡燥热。

阳光透过树叶的缝隙落到水泥地上，斑驳的树影散乱。围栏里开着花，半截盛放，半截死亡。

陌生的校区，陌生的环境，陌生的面孔。这里所有的一切，都是陌生的。苏然踩着阳光，心思有些恍惚。一仰头，阳光刺眼，她晃了晃手掌，有薄薄的细汗。

苏然脑子里想着叶泽，想着刚才他像是明星一样众星捧月的样子。会摄影的男生人缘一般都不会差，叶泽又长了一副好皮相，人缘又是加了一分。

苏然心口涩涩的，她也不知道为什么会有这样的小情绪，她和叶泽是普通朋友，只是比普通朋友多一些不一样的交情和经历罢了。

苏然毫无目的地逛着，也不知道该往哪里去，拿着手机胡乱拍了一些照片，无聊地浏览着微博，心里却一直记挂着叶泽的欢迎会。

她现在也是摄影社团的一员，今天的欢迎会，她是去还是不去？

去了又能干什么？傻傻地看着那些照片，然后在众人夸赞的时候说：嘿，你们不知道吧，他拍照片的时候我就在他身边哟！

大概旁人会觉得她是个智障吧。

苏然斟酌再三，最后还是回到了宿舍。今晚叶泽是主角，肯定脱不开身来搭理她。与其尴尬地在摄影社团看着他们欢声笑语，她还是回宿舍准备明天的课吧。

大学的宿舍是四人同住的，苏然回去的时候，已经下午五点多了，不知不觉，她竟然在校区里走了三个多小时，手臂发热，甚至连身上穿着的纱裙都有热度了。

宿舍里没人，空荡的狭小空间让苏然心情更加郁闷，拉开床边的凳子坐下，趴在冰凉的桌子上沉思。

想她一向都是无忧无虑的，此时竟然为了一个旅途中偶然认识的人而烦心。

傍晚，微凉的晚风从窗口吹进来，素色的窗帘晃了晃，随后又归于平静。

紧闭的门口传来交谈的声音，苏然无心去听，眼睛直愣愣地看着贴在墙壁上的照片。照片的内容很简单：

她面朝彩虹双手举高表示开心。晨光未被污染，天蓝得无法形容，远处缓缓飘来白云，七色的虹彩在瀑布上架起了一道彩色的桥。

苏然心烦意乱，将照片取下来夹进了相册里，越看越烦。

与苏然宿舍的冷清不同，叶泽在摄影教室里享受着众人的追捧，叶泽本就是开朗的人，脸上又常常挂着温和的笑容，一点架子都没有。

叶泽拍的许多照片都被拿出来贴在展览墙上供人欣赏。

大草原上飞驰的骏马、白雪皑皑的玉龙雪山、一望无际的洱海、巍峨壮观的泰山、随风倾斜的绿草青稞……

每一张照片都被处理得很好，从光线到拍摄角度，无疑都很完美。

欢迎会很早就结束了，一行人又拖着叶泽去了卡拉OK厅。叶泽记挂着苏然，又不能扫了他们的兴，一路上都是心事重重。

“你好，学长，我是苏杭。”下午一直找不到和叶泽搭话的机会，在包厢里撕心裂肺的吼声开始时，苏杭终于等到了机会。

“叶泽。”叶泽不停地看着腕表。

“你还有事？”苏杭歪着头，浅浅的梨涡一直在。

“没有。”叶泽收了手表，想着等会结束了再去找苏然。

苏杭淡淡地“哦”了一声。叶泽没听清也没有多问，扭开面前的矿泉水瓶盖“咕噜咕噜”喝了一大口。

还是比较喜欢咖啡店，一帮朋友聚集在一起，点一杯可口的蓝山或者苏帕摩。

安静的氛围，就连空气可能都是安静的，慢悠悠的时光，不需要很多话，浅淡的一个微笑就能让彼此心暖。

最好再有一个故事。

06

夜，带着几分暧昧滋养在校园里。

叶泽来到女生宿舍楼下，此时已经很晚了，他也不知道苏然睡了没有，但他就是来了。

叶泽站在楼下给苏然打电话，即便他知道自己的做法欠妥，但是行为总比大脑快一拍。接近十一点的夜晚，楼下的草坪里不时传来虫鸣。

机械式的“嘟嘟”声像怪兽一样撕扯着叶泽的心脏。

“喂……”苏然带着浓重鼻音的声音穿透手机传到叶泽耳中。

叶泽深深吐出一口气。

“我在你宿舍楼下。”

“嗷……”手机那头传来东西碰撞的声音和苏然的惨叫。

叶泽有些摸不清状况，以为苏然是太过兴奋，于是调侃道："就算知道我来了也不用激动到这副样子吧。"

苏然摸着头，没好气地答道："你想多了。"她只是不小心撞到头而已。

"我找你有事，你能下来一下吗？"

"啊？"苏然翻出行李箱的衣服，手机夹在肩和脑袋之间。

大半夜玩嗨了跑来扰人清梦，半梦半醒的时候接到电话，苏然虽然心里在腹诽，却在听到叶泽声音的一刹那泄气。心里不情愿身体却是诚实的。

苏然换好了衣服下楼，心里对叶泽一百万个放心。

叶泽等着苏然下楼，无聊地踢着路上的小石头。

路灯昏暗，苏然一路小跑着。

"大哥，你知不知道扰人好梦是件很不道德的事。"苏然一身清爽站在叶泽前方，语气哀怨，眼睛都是半睁着的。

"就扰你一个人。"

叶泽朝苏然伸出手继续说道，"来，把手给我，太晚了，不牵着你的话，我怕你会丢。"

苏然傻站着在原地，一时间脸开始绯红。

"怎么傻愣着了？"叶泽看着她，连忙伸手晃了晃。苏然低着头，却还是上前一步将手放进了叶泽手里。

"你不会把我带出去卖掉吧？"苏然提出疑问。

“你值几个钱？”叶泽走在苏然前面，道路两旁的路灯亮着昏黄的光。若是叶泽此刻回头，一定能看到苏然涨红的脸。

“我是独一无二的。”

“嗯。”叶泽意味深长。

“嗯”是什么意思？苏然头上顶着三个大问号。

入秋的深夜，那是苏然进入大学的第一个夜晚。风微微凉，天上的星星格外多，街道格外安静，叶泽牵着苏然的手悄悄地从门卫处溜出来，跑出了很远之后，两个人开始大笑。

两个人偷偷摸摸的样子好像是私奔的恋人害怕被父母发现一样。

深夜的街道有些萧索，尤其这边是校区，更加安静，只有远处的几家网吧亮着霓虹灯。

苏然跟在叶泽后面，不知道他要把她带到哪里去。

“我们去哪儿？”苏然踩着叶泽的影子，乐不思蜀。

“逛逛街。”

叶泽本来想问苏然，今天去摄影教室是不是去找他的，却又不知道怎么开口。

“你好有闲情逸致。”

苏然吐吐舌头，在她的家里，晚上十二点可是严禁出门的，毕竟她是女生。

“你晚上没去参加社团聚会吗？”叶泽试探性地问道。

“我有事。”苏然下意识撒谎，不过她后来确实是有事。

快递小哥打电话让她去拿快递，这应该也算事吧。

“哦……”叶泽拉长了声音，似乎有些失落。

“我以后也是摄影社团的一员了。叶泽大神请多多指教。”空荡荡的街道，这是叶泽今天听到的最好的消息。

苏然的手还在叶泽手中，两人的掌心都被薄汗浸湿，分不清到底是谁在紧张。

“你有没有在M市玩过？”叶泽适时地岔开话题，不想让苏然看出他心情的落差。

“还没有。”

苏然摇头，才刚开学，她哪有时间去玩。

“那等有时间了，我带你去玩。”

“好啊。”

街道清冷，白天热闹非凡的街道此刻安静得只有风吹树叶的声音。

苏然捂着嘴打哈欠，最近按照生物钟作息的她没有这样半夜出来游过街。

叶泽看苏然一直在打哈欠，最终忍不住问道：“困了吧？”

“嗯，我一般比较早睡。”苏然说这话的时候眼角已经打哈欠打出了泪花，叶泽怔了怔，脸有点发红，他侧头道：“我本想带你去吃个消夜的。”

“啊？半夜吃东西会胖吧！”

叶泽听了之后上下打量着苏然道：“你这么瘦还怕胖？”

“当然，我要保持身材！”苏然轻哼了一下，然后摆摆手继续道，“今晚算了吧，我真的困了。”

“那好，那我送你回去，下次有空带你好好玩。”叶泽一副欲言又止的模样，但最后还是把她送回了学校。

反正眼下苏然已经成了自己的学妹，以后他们有的是见面的机会。

这样想着，叶泽心满意足地回到了家。

第五章

KEAIDESHIGUANG
KEAIDENI

05

我的愿望是得到一个人的心

苏然的世界开始下起了粉红色的雨滴，落在地上，全部变成了粉红的小星星。

01

令苏然没想到的是，第二天一大早叶泽便出现在自己的宿舍楼下。

“你怎么来了？”苏然有些意外地看着叶泽，他穿着一身灰色运动装，显得格外精神。

“因为想见你？”叶泽半开玩笑地回答她的话。

苏然白了叶泽一眼，回击了他的调侃，然后把目光转到了旁边的苏杭身上。可能是巧合，苏杭穿了一件灰色连衣裙，两个人站在一起居然有“情侣”的感觉。

这个小小的发现，让苏然的心情略酸了起来。

“忘了介绍，这是苏杭。”似乎是发现了苏然的不对劲，叶泽主动介绍起来。此时苏杭看叶泽介绍自己了，便主动接话道：“苏然，我认识的，她进社团的申请表格还是我递交的。”

“嗯，是的……”苏然微笑着回道。

看到两人打完招呼，叶泽便直接步入主题道：“你不是一直没好好逛过这里吗？我想着今天有空，带你去吃吃本地的特色早餐。”原本还有点睡意的苏然一听这句话完全醒了。

M大附近的小吃一条街远近闻名，本市很多人都喜欢去那里吃早餐，苏然一直想去，只是因为总是一个人，所以她一直没有实际行动。

“你们俩……啧啧。”苏杭眯眼笑道，“我刚刚在来的路上看到了叶学长，本以为他过来干什么，没想到啊没想到。”

“呃……”苏然听苏杭这么调侃，一下慌了神，连忙道，“那个，苏杭，你吃早饭了吗？要不要一起来？”

“不太好吧。”苏杭没想到苏然会主动发出邀约，便把目光投向叶泽说道。

“看我干什么，能跟两位美女一起共享早餐，我当然是求之不得啊！”叶泽笑了笑说道。

“那……我恭敬不如从命了。”苏杭笑了笑，似是感慨地说道，“不过说起来我很久没有去过那条小吃街了。”

苏然看着苏杭和叶泽，不知道怎么了，心里更加不舒服了起来。

一到小吃街，苏然就放飞自我了，尤其是听到叶泽说“你放开吃，我买单”之后更加疯狂起来。

倒是苏杭，吃起来反而一副大家闺秀的模样。

“你确定你要买单？我很能吃的。”苏然再三确认，就怕她吃到一半叶泽后悔。

“你自己看着办吧。”叶泽看苏然两眼放光的样子有些好笑，这人好像许多年没见过吃的一样。

“我不会客气的。”苏然心里有点打鼓，因为叶泽说让她看着办。

所以她是吃遍一条街还是只吃半条街？

苏然纠结了，对于一个吃货来说，看得到美食却不能吃是一种罪过。而且这条街小吃种类颇多，她真的想每一样都尝试。

“你吃吧，钱不够我就把你抵在这。”叶泽笑得意味深长，早在S市就见识过苏然的饭量。

“你会拿钱来赎我吗？”苏然眨眨眼睛，有几分俏皮。

“不会。”

三人停在烧烤摊旁，苏然思虑片刻，要了热狗和面筋。虽然不是特色小吃，但人都好这口啊。

“给钱。”苏然转身，挑着眉毛，眼神里透露的意思是：小气鬼，你就看着我吃吧。

小吃街简直是人挤人，因为怕和叶泽走散，苏然特地空出了一只手去抓叶泽。

苏杭对小吃街倒是很熟，跟着他们的脚步在后面，很少说话。

当然，苏然的重点不是怕走散，而是怕和叶泽走散后她吃东西没有人付钱。

“叶泽，你别放开我的手，千万抓紧了。”

小吃店内，炸得金黄的章鱼小丸子，配上白色的沙拉酱，再撒上一层咸咸的海苔，咬上一口，简直让人欲罢不能。

弹性十足的乌冬面，配上它独特的酱料，再加点辣椒，海鲜的味道回荡在嘴里。烤好的鱿鱼串，包裹着一层金黄的面粉，撒点孜然粉。

叶泽看着苏然夸张的吃相，总感觉她的嘴巴在抽筋。

“还能吃下一家？”

“当然能。”

“苏然，你太能吃了。”苏杭含笑感叹，苏然看着苏杭，从昨天见到她，她好像就一直这个表情。

浅浅的两个梨涡很可爱。

苏然捂着嘴打了个嗝，叶泽嫌弃地看了她一眼。

“少吃点，等会把胃撑坏了。”这家伙今天是准备把他吃破产还是怎样？

“晚上带你去别的地方，我怕你走不动。”

“去哪儿？”苏然放下筷子，嘴角还残留着章鱼烧的沙拉酱。

女生扎着马尾，睁着大眼睛看人的样子有点呆呆的。

叶泽弹了弹苏然的额头。“不告诉你。”

苏然翻白眼，故意吊她胃口。

空气里充斥着烤肉的香味，苏然最终还是没有把叶泽吃破产。

能力有限，吃了太多辣的东西，又喝了许多水，苏然只觉得肚子很胀。苏杭扶着她，叶泽看着小肚子圆滚滚的苏然，怕她会被人撞到，因此一路一直都在护着她。

“苏然，你吃得太多了。”苏杭有些责怪，苏然本想反驳，看到她嘴角的梨涡时又咽了回去。

出了小吃街后，苏然发现身上全都是油烟的味道，就连头发也沾上了味道。

苏然无法忍受身上的异味，叶泽身上也全是味道，苏然凑近闻了闻叶泽，然后受惊似的弹开。

“你太臭了。”

叶泽像是没反应一样，淡淡来了句：“半斤八两。”

苏然又闻闻她自己，吸着鼻子的样子像极了一只乖乖的小狗，她委屈道：“吃得太多了，不行不行了。”苏然摆摆手，弄得身旁的苏杭哭笑不得。

苏然皱着鼻子，问道：“今天你上完课还有活动？”

“嗯，等会穿运动鞋下来，我在这儿等你。”他怕他不提醒，苏然等会又穿高跟鞋下来，那他就得不偿失了。

“你要带我去跑步？”苏然猜测道。

“不是。”叶泽摇头，任苏然怎么追问，就是不肯告诉她。

苏然猜得没意思，索性不猜了。反正早晚会知道的。

“我去换鞋。”

苏然一路小跑着回到宿舍。宿舍里的几个室友都在，苏然礼貌地同她们招呼。

“苏然，你又要出去啊？”住在苏然对床的女孩看着苏然翻出运动装，又拿出运动鞋，于是问道。四个人的宿舍，就苏然待在宿舍的时间最少。

“嗯。”没多说，苏然便又一路小跑离开了宿舍。

02

苏然跑到到校门口的时候，叶泽已经在那里等她了。和叶泽一起的，还有两辆自行车。

叶泽换了一身灰色的运动装。苏然低头看了看她自己，一身粉红。

幸好她刚刚没穿那套灰色的衣服，如果被人误以为是情侣就尴尬了，苏然暗暗松了口气，却又觉得心里闷闷的。

苏然将头发高高地绾在头顶，扎不上去的碎发就用黑色的小发夹夹了起来，她坐在车上，骑了起来。

叶泽看着她笨拙骑车的样子，无奈叹了口气。他骑到她身边，语言指导道：“你要注意两边平衡。”

苏然只能跟随着叶泽的指导小心翼翼地骑着，实在无奈下，叶泽提议和苏然共骑一辆车，将另一辆锁在了路边。

“抓紧我。”两个人坐上车后，叶泽将苏然的手环到自己的腰上。

耳边是呼呼的风声和树叶抖动的沙沙声，还有汽车奔驰而过的声音。苏然脸上烫烫的，她觉得她可能发烧了，不然为什么感觉脸很烫？

苏然揪紧了叶泽的衣服，两人间的距离又被拉近了不少。

她甚至都听到了叶泽的心跳声，“砰砰砰”。

苏然的世界开始下起了粉红色的雨滴，落在地上，全部变成了粉红的小星星。

苏然想把头靠到叶泽背上，却又不敢，怕叶泽窥探出她的小心思。

路似乎也很崎岖，苏然害怕掉下去，抓着叶泽衣服的手改成了抱着他的姿势。也不知道叶泽骑了多远才停下。

下了车后，叶泽看了看时间，距离天黑还有好几个小时。于是叶泽带着苏然先吃了点东西又在景区附近转悠了一会儿后，才去爬山。

两人爬的是M市的最高峰，花了两个小时才登上山顶。两人在山顶上休息了一会儿，忽然叶泽拿出了一条丝巾，说是要给苏然一个惊喜，然后用丝巾蒙住了她的双眼。

刚被蒙住双眼的苏然下意识地抓住叶泽，叶泽拉着她的手腕，转而变成十指相扣，一路小心翼翼地护着苏然。

“跟着我。”叶泽的声音让苏然心安。叶泽放慢了脚步配合苏然，看到有石头的时候便会停下脚步踢开石头，再继续前行。

苏然也不知道跟着叶泽走了多久，总之，走到她脚开始痛的时候叶泽才停下来。

叶泽松开了苏然的手，苏然站在原地，叶泽让她不动她就不动，只等着他来牵她。

一阵窸窸窣窣的声音过后，苏然的手又重新回到叶泽手里。

苏然屏住呼吸，鼻尖碰到叶泽的皮肤，苏然紧张地揪着手指，叶泽呼吸声很轻，但她却紧张到每一根汗毛好像都要竖起来了。

本就闭着的眼睛闭得更紧，眉头微皱，嘴唇抿得紧紧的。苏然的心中充满了期待。

叶泽修长的手落在苏然脑后，他看着她，甚至能看到苏然脸上每一个细小的毛孔，也感觉到了苏然的僵硬。

就在苏然以为叶泽要亲她的时候，眼睛上的丝巾被扯开了。一瞬间，光明袭来。

苏然慢慢睁开眼睛，天色已经暗了下来，周遭也没有强烈的灯光，所以她很快便适应了。

只是，她面前的这堵人肉墙是怎么回事？

还有，额头上一直喷洒的温热气息又是怎么回事？

“叶泽。”苏然紧张，一开口，声音都有些颤抖。

刚才她看不到，所以无所畏惧，可现在，她能看到了，心态就不一样了。

银色的光落在树上、草地上、泥土上、叶泽身上。苏然试图平复刚才与叶泽近距离接触时过度跳动的脉搏。

“苏然，快看。”身旁的叶泽忽然出声道。

苏然抬起头来，便见到流星漫天而下，它们下坠的速度极快，几乎是瞬间就换了一波。

星河闪耀，就连月亮的光辉，都被流星比了过去。

天空仿佛下起了雨，银白色的雨。

苏然快速地闭上眼睛，双手合十开始虔诚地许愿。

原来，这就是今晚的惊喜。

“流星雨其实就是陨石吧。”苏然睁开眼，便看到身边的叶泽也在许愿。

借着清亮的月光，苏然看着叶泽的脸，侧脸温润，长睫毛垂着，微微颤抖。

“你许了什么愿？”苏然仰面平躺着，手里把玩着刚才随手扯的青草，漫不经心的样子。

“我希望不久的将来我可以拥有一家属于自己的咖啡店。”叶泽如实说出了方才许的愿望。

苏然瞬间想起了叶泽喜欢咖啡的事情。在S市的时候，他就常常去逛各种咖啡店。

“你呢，你许的什么愿？”叶泽也不吃亏。

苏然沉默了一会儿，才小声说道：“我的愿望是得到一个很重要很重要的人的心。”大概是苏然的语气太过认真，叶泽也变得严肃起来，他看着苏然的侧颜，垂着头的样子略显悲伤。

他想问，那个对于苏然来说很重要很重要的人是谁？

叶泽张了张嘴，终究是没有问出来。

月光下，两个人的心思都变得不一样了。

“走吧，回学校。”十分钟后，叶泽打破了沉默。

而那个问题，叶泽终究没有问出口。

而苏然，只是默默记下了叶泽的愿望。

03

送完苏然后，叶泽回到家已经很晚了。叶欣欣没有睡，客厅里也没有开灯，叶欣欣就坐在黑暗之中，手里抓着苏然的照片。

轮椅上的女生，棕色的眸子里有着隐隐的怒火。

叶泽打开灯，小心翼翼地放轻了动作，准备向里走，一转身就看到客厅里的叶欣欣。

“怎么还没睡？”叶泽低头换鞋，没有注意到刚刚叶欣欣的表情有多么的恐怖，脸色有多么的苍白。

“你这是才回来？”原本愤怒的叶欣欣在看到叶泽回来时，表情已经恢复了平静，她看着自己的哥哥，轻声问道。

叶泽倒了杯水，仰着头咕噜咕噜地喝了一大口，然后才露着大白牙道：“嗯，我去看流星了。”

“自己一个人去的？这么晚？”叶欣欣一边询问，一边趁着叶泽不注意的时候把照片塞进了沙发缝里。今天她在帮哥哥整理书桌的时候，原本夹在书本里的一张照片掉落了下来。

这是哥哥的相机里第一次出现别的女孩。

因为不能像正常人一样行走，叶欣欣的心格外的脆弱，她的世界里只有哥哥。

而苏然的出现就像是打破平衡的钥匙，让叶欣欣变得恐慌，她是来和她抢哥哥的。她怎么允许，怎么会允许别人抢走她的哥哥？

叶泽走近，坐到了叶欣欣身边，一边揉着她的脑袋一边说道：“我和一个小学妹一起去的，她是个挺可爱，挺有活力的女孩子。”叶泽的解释让叶欣欣垂下了眼，她此刻很想问，那个学妹是不是就是照片里的那个女孩。

“嗯，那就好，我有点累了。”叶欣欣垂着头，叶泽也没注意到她的表情，叶欣欣继续道："快抱我进屋吧，要不是你这么晚回来，我早睡了。"

"好、好，是哥哥的错。"叶泽也不解释，连忙抱起了叶欣欣。因为腿脚不便的缘故，很多事情她都需要叶泽帮忙，比如抱她上床睡觉。

叶欣欣缩在叶泽的臂膀里，感受着他身上的温暖，心里只有一个念头：不允许任何人抢走哥哥。

"哥哥哄我睡觉好不好？"叶欣欣伸出胳膊，轻轻揽住叶泽的脖子，轻声撒娇道。

"多大个人了，还这样撒娇，放心，哥哥在，一直都在。"叶泽抱着她到了床上，将她安放好后，摸了摸她的额头，哄着，"晚安。"

"嗯，晚安。"

待叶泽离开后，叶欣欣才感觉到害怕。此刻，恐惧感占据了叶欣欣的心。她太敏感了，所以她对任何一个可能威胁到她地位的女生都充满了敌意。

洗漱之后的叶泽回到了自己的房间里，他想要再看看昨晚没看完的那本专业书，却发现原本夹在里面的那张照片不见了。

"难道是我记错了？"叶泽自言自语，将整本书从头翻了个尾也没找到。

那是之前去S市旅行他拍的最喜欢的一张照片。

照片上的女生背对着他站在彩虹下，橙色的光线为她打上一层光晕，煞是美好。

"可能是夹在其他书里了吧。"困意来袭，叶泽只好作罢，他这样想着，便躺下睡去。

04

叶泽喜欢摄影，苏然就报了摄影社团。叶泽想开咖啡店，苏然也想竭尽全力地帮他。

有了这样的想法，苏然便开始付出行动。

本专业的课程上完，她就赶去营销专业的课堂。

她开始试着了解咖啡，微博里关注了各种跟咖啡有关的博主。

周末的时候苏然奔走于各式各样的咖啡店，她甚至开始留意即将转让或是出售的咖啡店。

苏然一心想要帮叶泽实现愿望，却忘记了经营一个咖啡店并非她想象中那样容易。

在苏然的想象里，咖啡店开起来后，生意一定很好。

M大外面的街道有许多家咖啡店，苏然路过时也曾透过橱窗看过他们做咖啡，有烘焙豆沸煮的，也有兑热水加奶的。

校区的南边小街，大约二十分钟的路程，也有一家咖啡店。店面不大，装修却很漂亮。苏然坐下来点了一壶曼特宁，环顾着店内的环境和装修风格。

黑色的皮质沙发，木桌似乎是新木做的，时间不长，还有些清香。

苏然坐的位置是角落，放置了一排很大的书架，上面摆放了许多书。她随手抽了本桐华的小说翻阅起来。

咖啡店里的灯光很暗，吧台那边放着舒缓轻柔的轻音乐。

苏然的手搭在桌上，有一下没一下地跟着节奏敲打。

年轻的男人将煮好的曼特宁端了上来，杯盘边缘放着糖和奶。

苏然低声说谢谢，服务员说了句“请慢用”后回到吧台。

先前，苏然没有喝过咖啡豆磨出来的咖啡，杯子里深褐色的曼特宁还蕴染着热气，苏然没加糖也没加奶，直接抿了一口。

整个口腔顿时被酸苦填满。

苏然咂了咂嘴，果然不是一般人能喝的。

苏然只好开始加糖。她将一整包白砂糖全部倒入，然后拿着小勺子搅拌均匀。

加了糖之后的曼特宁虽然还是苦，但好了很多。

苏然曾听说曼特宁的咖啡豆会在苦香后回味出一丁点酸味，而那个酸味可以留在口中很久，但是苏然不懂品咖啡，外加糖块的因素，自然没尝到那个酸味。

加奶之后咖啡就变得顺滑起来，牛奶的味道混合白糖，苏然舔了舔嘴唇，还是觉得苦。

只有真正喜欢咖啡的人才会懂得如何品咖啡，而苏然，不是那个懂咖啡的人。

虽然她不懂咖啡，但是叶泽懂啊。她只需要准备一笔资金拿来投资给叶泽就能帮他完成梦想了。

苏然想着要怎么筹集资金，忽然想起以前好像听妈妈说过给她存了一笔钱，等到她长到十八岁的时候再取出来，算是送给她的成人礼。苏然不知道妈妈具体给她存了多少钱，但听说这笔钱从她出生第二年开始便存进了银行，存了十几年，光利息都得不少吧。

想到这，苏然立马在心中打起了小算盘。回到宿舍后，她立马给爸妈打了个电话。

日常的嘘寒问暖结束后，苏然便小心翼翼地和爸妈提起了这笔钱的事情。

涉及金钱，苏爸爸和苏妈妈也变得谨慎起来。

“你问这笔钱的事儿做什么？”苏爸爸问道。

苏然顿了顿说道：“我记得你们之前说等我十八岁的时候送给我做礼物的，你看我十八岁都过了半年了，我是不是能拿到这笔钱了？”

“可以是可以。不过你现在还是个大一学生，也不需要这么多钱。我跟你妈想着，再存几年等你大学毕业的时候再取出来给你买个房子。”苏爸爸回答道。

“我想创业，开个咖啡店。”苏然坦然说道。

“什么？”苏妈妈听到自己女儿突然说要创业，立马被惊到。

苏然早就猜到妈妈会有这个反应，耐心解释道：“其实我们学校有不少跟我同龄的同学都开始尝试自主创业了。大学里的课程不比中学那么繁重，一边上课一边创业积累社会经验是完全行得通的。我想开个咖啡店也是经过了一番考察……”

苏然把自己的开店计划逐一地和爸妈讲解，苏爸爸在电话那头认真地听完了苏然的计划后，才问道：“你的计划听起来是挺好，但是你有考虑到投资的风险吗？”

“我做了这么多准备，应该不会出现……”不知是不是心虚，苏然的口气变得犹豫起来。

“只要是投资，就一定会有风险的！”

接下来的时间，苏爸爸用自己的亲身经历给苏然上了一节深刻的思想教育课。

整场通话维持了三十多分钟，最终以苏然失败告终。

05

苏爸苏妈不同意自己拿钱投资开店的事，让苏然一连好几天都有些丧气。刚好课程逐渐忙碌了起来，筹集资金的事便被苏然暂时搁置了。

只是苏然没想到的是，林轩会得知这件事。

“你要用你爸妈给你存的钱开咖啡店？”林轩在学院门口堵到了下课的苏然，直接开门见山道，棱角分明的脸上带着难得的严肃。

“你怎么知道？”苏然纳闷。

“是真的？”林轩看苏然的反应就确认了自己的猜想。

“大学生自主创业不是很正常吗？”苏然皱皱眉，不管怎么说那都是她的钱，此时林轩的反应让她很不舒服，就像自己的东西被外人指手画脚一样。

而苏然看着林轩难看的脸色，也想到了林轩是怎么知道的了，应该是苏爸苏妈在那次通话后不放心她，所以告诉林轩，让他照看下自己。

在爸妈眼里，林轩永远是个榜样。

“你真当我傻吗？你一个从不关注经济的人，怎么可能会去创业？”林轩盯着苏然，薄而长的嘴唇微微抿起，他道，“而且我知道你打小就不喜欢咖啡，怎么会突然想去开咖啡店？”

面对林轩有点咄咄逼人的反问，苏然最终沉不住气了，直接道：“对对对，我是不喜欢咖啡，但是叶泽是这方面的行家，而且他想开一个咖啡店，我爸妈给我的钱存着也是存着，倒不如拿来投资，说不定能大赚一笔呢？”

“你拿着你爸妈给你存的钱去给别人开店？还大赚一笔？苏然，你是脑子进水了还是鬼上身啊？”

苏然被林轩弄得一头雾水。林轩这是怎么了？她不就是想买个店，他发这么大脾气干吗？

“叶泽真的有那么好吗？”一瞬间，林轩放柔了语气，神情温和地问道，好像刚才失控的人不是他。

“你怎么了，这跟叶泽好不好有什么关系？”苏然一脸不解地看着林轩。

林轩看苏然一脸呆呆的样子，直接重重地吐了一口气，然后说道：“苏然，你爸妈给你存钱是为了你以后生活得更好。既然是叶泽想要开咖啡店，那就让他自己去想办法。毕竟这是他的梦想。”

“虽然是他的梦想没错，但作为他的朋友，难道我不能帮他？”苏然看着叶泽，皱眉反问。

听到苏然的问话，林轩明白眼下她是铁了心的要帮叶泽。他知道苏然固执，此刻，林轩真的讨厌极了苏然的固执。

“算了，随你。”林轩丢下这句话后就走了，苏然知道林轩是为她好，可是苏然也知道林轩根本不懂她。

但她不知道，有时候她认为不懂自己的人并非不懂，而是太懂了。

苏然回到宿舍，感觉到筋疲力尽，她呈大字型躺在床上，回想着之前爸妈说的话。这笔钱她是真的放弃了，但是这个心愿，她不会放弃！

苏然准备自食其力地存一笔钱，帮叶泽开店。苏然不怕累，为了存钱什么脏活累活她都能接受。

06

“你最近很忙？”叶泽在咖啡店里见到苏然时，她正坐在椅子上算钱。叶泽不知道为什么，最近他看到苏然时，她总是神色匆匆，有好几次他甚至都来不及打招呼，苏然就没影了。

苏然一手握着笔，一手拿着银行存折，在听到叶泽的声音身子时有些僵了起来。

“是呀，很忙。”苏然装作若无其事地抬头，然后浅笑着问他，“你呢？最近如何？”她想了想最近似乎很久没见到叶泽了。

“最近还就那样，不过你好像很久没去社团了。”叶泽点了一杯摩卡，直接坐到了她对面。

苏然看着摩卡最上层的淡奶，这才想起，最近为了筹款的事情，她已经渐渐地不像个大学生一样了。

每天奔波于做兼职，没空看书复习，甚至有时候连课程都耽误了。

“最近有点忙，过完这一阵子就好了。”苏然避开了叶泽的询问。

此时叶泽点点头，开始低头认真地整理相机里的照片。

苏然看他沉默整理自己的东西，于是继续算账，算下来后她发现自己离筹集的目标金额还差很多。苏然吐了一口气，中途准备休息一下，她端着咖啡，看着咖啡店吧台旁贴出来的招聘信息，发起了愣。

M大附近的这家咖啡店不大，但是是距离M大最近的咖啡店，平时来的都是沉迷喝咖啡的文艺大学生。

“你缺钱用吗？”似乎是注意到了她的目光，叶泽问道。

“不缺。”

“那你一直盯着那个招聘信息。”

“我这是在为下次旅行筹备资金呢。”苏然没办法，总不能告诉叶泽，她正在各种想办法打工赚钱，为了帮他开咖啡店。

此时是中午，大部分人都在餐厅吃饭，所以店里没什么人。算完账的苏然合上了账目，然后走到了吧台开始询问起招聘的事情。

没想到，咖啡店的老板对苏然一见如故，便让她试做一个下午。如果可以，第二天就可以过来做兼职了。

叶泽看着行动力爆表的苏然，冲她轻轻地笑了一下。他不知道苏然这么着急赚钱的原因是不是真如她所说的是为了攒旅费，但是他喜欢她的那份冲劲儿。

咖啡店老板站在苏然身后，开始煮浓香四溢的牛奶咖啡。

叶泽目不转睛地盯着已经在吧台里忙碌的苏然，眼里浮着他自己都无法察觉的浅浅笑意。

“摩卡少糖口感更佳。” 年轻老板煮完了咖啡后冲叶泽提醒道，然后顺着叶泽的视线看向苏然，轻笑道，“从你坐下开始，你就一直盯着她，她是个很不错的女孩子。”

叶泽收回眼神，脸微微红了。

年轻老板仿佛看不见叶泽的羞涩，嘴角的笑意更加深了。

“你们家的咖啡不错。”叶泽岔开话题，他有注意到门口摆放了很多种类的咖啡豆，其中不乏昂贵的豆子。

“谢谢。”年轻老板对叶泽的夸赞很受用，点了点头后就离开了。

一个下午过得很快，苏然试用结束后，年轻老板对她的评价很高，当即拍板决定聘用她做兼职。

苏然和叶泽离开后，咖啡店的老板回到了黑色的竹椅上。他抽出了一本日记，轻轻地翻着页，用笔记录着：

亲爱的，我今天遇到了一个和你很像的人，她和你同姓……

白色杯子里雾气未散，澹台眼里有几分湿润。

因为那个人在这里，所以他就在这守着她。

他与她的故事很长，却没有人听。

桌子上合上的素白书面上，印着两个字：澹台。

07

两个人出了咖啡店，初秋的天气还不算太冷，叶泽就穿了件衬衣。

“马上就要到十一了。”叶泽开口道。

路上的树叶已经枯黄，一片一片地开始掉落，树下铺了厚厚的一层金黄。风一吹，就四处飘散。

“是啊……”

苏然本来想问叶泽有没有出行计划，却又想起十一长假她要打工，于是又把话吞了下去。之前苏杭跟她八卦的时候，有告诉过她叶泽的生日，当时苏然就留了一个心眼儿。

叶泽十二月初过生日，她要尽快赚够钱租下一个商铺，送给他做生日礼物。

叶泽送苏然到宿舍楼下，看着她上了楼才离去。

本来想邀请苏然一起来一场说走就走的旅行，但到了口边的话叶泽还是没有说出口。

回到宿舍后，苏然趴在桌子上浏览QQ空间，房间里响彻着室友们打游戏的声音。

苏然塞了耳机，却忽然看到手机震动起来。

“苏然，我在你宿舍楼下。”自从上次林轩和她谈话后，两个人就再也没见过面。此次突然联系，苏然也感到有点奇怪。

苏然起身喝了口水，下了楼。

几天不见的林轩像是变了一个人，皮肤变黑了，就连同气质都变不少了。

林轩看到她后直接说道：“我知道你最近在狂打工，做了很多份兼职。我想了一下，我还是跟你一起去工作吧！也算有个照应。”林轩知道他无法劝苏然放弃，那他就跟她一起去工作。

既可以锻炼自己，又可以帮到苏然。

“你要跟我去卖咖啡？”苏然摇摇头，第一是这是她自己的事情，第二点是林轩不适合。苏然做的基本都是服务行业，林轩的性子那么腼腆，跟陌生人说两句话就会脸红，怎么可能做得了服务生？

“你摇头是什么意思？”

“我做的行业不太适合你。”

“我可以。”林轩目光坚定。

苏然叹口气，道了一句“好吧”之后，两个人分开了。

第二天，苏然在上班的时候特意带着林轩去了咖啡店，因为人招满了的缘故，年轻老板直接拒绝了林轩。

看着林轩有点失落的脸庞，苏然一时间也不知道要怎么安慰他。

此刻的林轩就像是一个得不到糖果的孩子，从他身上散发出失落和不甘。

“我明天问问我朋友吧，说不定就能帮你找到工作。”

“朋友？找谁？”林轩一听到苏然说到朋友两个字的时候，变得敏感了几分。

“嗯……叶泽？”苏然也不知怎的下意识地就想到叶泽，苏然在学校的朋友不多，能牵挂在心里的大概也只有叶泽了。

林轩没搭腔，只是沉默地看着苏然上扬的嘴角。他就那样地沉默着，足足沉默了好几分钟后才说：“算了，我还是回去吧。”

不知道是不是苏然的错觉，她觉得林轩不悦了起来。

晚上，苏然回宿舍后就给叶泽发信息，约他明天在打工的咖啡店见面，叶泽很晚才回信息，就回了一个“好”，也没问见面干什么。

苏然收到叶泽的回复后喜滋滋地睡了。

“谁发的信息啊？”叶欣欣看着叶泽拿着手机傻笑，有些警惕。

以前，叶泽都很少看手机，更多的时间都是抱着相机。

“一个朋友。”叶泽关掉手机，推着叶欣欣回她房间，“乖，你早点睡。”

叶泽的回避让叶欣欣不高兴，理智告诉她，叶泽一定是遇到喜欢的人了。

08

叶泽第二天准时到了咖啡店，他点了一杯和之前一样的摩卡，这才发现店里那位年轻老板不在。

“我老板病了。”苏然看着叶泽搜寻的眼神，同他解释老板不在的原因，苏然也没想到昨天还朝气勃勃的老板，才一个晚上不见就生病进了医院。

苏然同叶泽寒暄了几句，就直接切入正题了。

“是这样的，林轩看我做兼职，也想做兼职，但是我们这里满员了，你知道学校附近哪儿还需要兼职吗？”

“怎么了？他也缺钱旅游？”叶泽一脸纳闷道。

“他只是想锻炼下自己。”完美的借口。苏然为自己的机智点赞。

叶泽狐疑地看苏然一眼，林轩不像是会缺钱的人，体验生活？又不是娇贵的世家公子。

这小吃街的工作大多都是又累又脏的。

叶泽回忆了一下林轩的性格，就算有，他也怕他适应不来。

“要不让他去陪我妹妹吧，他性子太腼腆了，一时我也不知道什么工作适合他。”叶泽如实答道，刚好十一长假他要出去，叶欣欣一个人在家没人陪，索性就找林轩吧。

“有工资吗？”苏然问。

“有，不过不高，你问他愿不愿意，愿意我就给你地址。”

“愿意。”苏然点头，已经替林轩做了决定。

“你不用问他？”

“肥水不流外人田。”

苏然的回答让叶泽无法反驳，直接把地址写给了苏然。

“我下午过来等你下班。”叶泽上午有课，不能多待。

“行。”苏然催促他快走，不然迟到了。

玻璃门上的风铃被风吹响，几分钟后又变得平静，叶泽的身影消失在门外。

叶泽走后，苏然给林轩打电话，告诉他工作的事搞定了。

林轩诧异苏然的效率，同时心里又开始酸出了泡泡。

下午苏然下班，林轩先叶泽一步来了咖啡店，苏然倒了白开水招待他，让他坐会儿等叶泽。

等到叶泽过来后，三个人便关门去了叶泽家里。离开前，苏然做了她最拿手的奶茶带给叶欣欣。

一路上，叶泽讲了许多有关叶欣欣的事。说得最多的是叶欣欣脾气不好，就怕林轩会受气。

苏然这才知道原来叶欣欣的腿不能走路，所以叶泽才拍很多照片给叶欣欣，让她即便足不出户，也能领略到各地的美景。

苏然听着叶泽跟她分享叶欣欣的事情，心里有些隐隐羡慕起来，如果她也有一个哥哥的话，那么他会不会像叶泽一样疼爱自己的妹妹。

林轩走在苏然右侧，叶泽在左侧，苏然让林轩多问几个问题。

比如，叶欣欣喜欢干什么？吃什么？

林轩垂头走路，对苏然的话置若罔闻。

“没事，欣欣她不挑食。”叶泽说道。

苏然转头，看着叶泽道：“挑不挑食我不知道，只知道某人旅游的时候还要一天三顿的嘱咐她吃饭对不对？”

“你不懂世界上有一种‘病’叫‘妹控’吗？”叶泽随后加了一句，苏然歪头看着叶泽的脸庞，轻轻地笑了起来。

而自始至终，林轩都在沉默。

苏然一进门就被叶泽家的照片墙给吸引，叶泽领着林轩到客厅坐。

叶欣欣滑着轮椅出来，看到苏然后皱了皱眉头，有些敌意。

她就是照片上的那个女孩。

苏然扬了扬手里的奶茶，笑着打招呼：“我是你哥的朋友，我叫苏然。这奶茶是带给你的。”

叶欣欣看着苏然，虽然脸上带着笑意，却看不出一丝亲切，她礼貌地接过奶茶。

“这是林轩，是我给你请的护工。”叶泽指了指身边的男生，笑着说道，“这样，以后我不在家，你也不用怕了。”

叶欣欣对于叶泽找护工的举动很不满，但是她没有说出来，毕竟现在找都找了，总不能大庭广众之下让哥哥难堪。

林轩被晒黑的脸有些发烫，连耳根都红了，朝叶欣欣伸出手，局促地做了自我介绍。

“你好，我是林轩。”

叶欣欣疏离地点点头，示意认识了。在来的路上叶泽就已经和林轩说过叶欣欣常年在家，因此性格上有点怕生，林轩和苏然也有了心理准备，所以对于她的反应也没在意。

第六章

KEAIDESHIGUANG
KEAIDENI

06

最初的梦想

有时候，在没遇到注定的人之前，你根本不会了解到自己是一个笨蛋，只有遇到了才知道，原来，你也可以变得这么笨。

01

林轩的工作搞定了，虽然酬劳不多，但至少是找到了工作。苏然松了口气，至少她不用再陪着林轩满街乱跑了。

工作内容也很简单，就是陪着叶欣欣每周去做一到两次的物理治疗，天晴了就推她出去晒晒太阳。

林轩话不多，叶欣欣也不爱说话，所以两个人相处得也还算和谐。

叶泽家楼下有一处很大的草坪，初秋的时候落了很多树叶在上面，金黄的树叶铺了厚厚的一层在草坪上。天气渐凉，因为有了林轩的照顾，叶欣欣在外面的时间比以前多了起来，叶欣欣似乎已经习惯了叶泽不在家的样子。

“欣欣又下来散步啊。”叶泽家附近的邻居都很热情，每次看到她都会打招呼，叶欣欣坐在椅子上乖巧地笑一笑，也不说话。

只是每次两个人独处时，叶欣欣就会收敛笑容。

“女孩子要多笑笑，像苏然那样多笑笑。”两人停在草坪边上，林轩忽然开口道。

“哦，是吗？”叶欣欣平淡地回应着林轩。她不喜欢苏然，也认出了苏然就是哥哥相机里的那个女孩。

林轩看叶欣欣对自己的冷漠反应，也不知道该怎么应对，只是他看出来了叶欣欣不太喜欢苏然。

苏然和他们家十几年的感情，以前两家父母也经常拿他俩开玩笑，说是以后干脆结为亲家好了，知根知底省去不少麻烦。

林轩也一直这么认为，所以心安理得地等苏然和他到可以恋爱的年纪，而苏然如他所想出落得越来越讨喜，但是却喜欢上了别人。

秋风伴随着落叶吹过，阳光也被云层温柔地拥抱住。

叶欣欣对谁都很防备，除了叶泽外好像谁都走不进她的心里。然而苏然不同，她爱恨分明，对自己好的人，她会掏心掏肺。

“虽然不知道你为什么不喜欢苏然，但她其实很好。”

叶欣欣听林轩这么说完后，直接沉下了脸。林轩不知道叶欣欣是怎么了。

“推我回去。”叶欣欣的话不容否决，林轩只好推她离开。

“我先走了。”将叶欣欣送回家后，林轩便算是完成了今天的工作。离开叶家后，林轩不知道该去哪儿，他今天没有课，回学校只能窝在宿舍。

去找苏然吗？

林轩在路上逛了许久，停下来的时候却发现，自己竟然走到了苏然打工的咖啡店外面。

今天的生意似乎不错，苏然忙前忙后地送着客人们点好的饮品。她那位帅帅的老板则站在吧台里面有条不紊地煮着咖啡。

现在进去只会打扰到苏然做事。于是他悄无声息地来，又悄无声息地走。

02

忙忙碌碌的九月就要过完了。苏然看着银行卡里不断增加的数字，虽然金额在变多，但是她距离梦想依然遥远。

林轩也拿到了工作的第一笔酬劳，虽然少，但总归是他人生的第一桶金，心情大好。

苏然让林轩请叶泽吃饭，报答他的“涌泉之恩”。毕竟叶泽现在是他的衣食父母，林轩答应得爽快。

“叫上叶欣欣一起吧。”林轩提议，在陪护过程中，他知道叶欣欣的生活有多么的寂寞。

“她行动不便，我们吃完后，我给她单独打包吧。”叶泽考虑到了叶欣欣的身体情况，只能婉言拒绝了。

三个人去了苏然和叶泽经常去的快餐店，那里的老板早已经和叶泽混熟，见到叶泽和苏然高兴地同他们招呼。

苏然熟络地跟着老板去点餐，叶泽与林轩占着位子等她。虽说林轩不喜欢叶泽，但是并不妨碍两人做正常的交流。

叶泽倒了杯茶递给林轩。

“欣欣没有欺负你吧？”叶泽主动询问。

“没有，叶欣欣脾气还好。”反正他们俩都不爱说话，在一起的时候多半是各不干扰，也就没有什么欺负不欺负。

两人交谈的空隙苏然已经点完菜。

叶泽将倒好的水递给苏然，苏然用手掌扇着风，直说：“渴死了，渴死了。”

林轩看着两人的默契，紧紧握住了手中原本准备推过去的水杯，垂下了头。

三个人聊了一会儿学校的趣事儿，苏然则说起了她老板的糗事。

“我觉得我老板把我当替身了。”苏然语出惊人，叶泽一口冷茶差点喷出来。

苏然翻了个白眼，扯了纸巾递给他。

“他老是看着我发呆。”苏然甩出证据。

“他可能在看窗外的风景。”叶泽重新倒了杯茶。

“他还叫我苏苏。”苏然不死心。

“可能把你当小妹。”

苏然怒，拍桌子瞪叶泽。

“她经常看言情小说。”林轩冷不丁地插了一句，叶泽一副恍然大悟的样子。

苏然用筷子戳了戳林轩。

“嫁出去的兄弟泼出去的水。”苏然抚着额头，对林轩倒戈的样子很是失望。

林轩脸皮薄，一瞬间就红了脸，他什么时候嫁出去了？

午饭在三个人嘻嘻哈哈的谈笑声中度过。叶泽带着打包好的饭菜回家，林轩也和苏然回了学校。

十月，三个人的生活依旧同九月一样，生活平静得如同一塘死水，毫无波澜。

苏然在和老板工作中渐渐熟络起来，后来苏然才知道自己的老板曾经也是M大的学生。因为恋旧，舍不得学校，毕业后便在这开了家咖啡店，消磨时光。

苏然知道她老板这话是骗人的，因为他说这话的时候眼神都没有聚焦，苏然还知道，她的老板常年都思恋着一个人。

澹台的眼睛很深邃，浓墨一般的黑色眼珠，多看一眼，就会让人沉迷，来店里的很多学生都是为了一睹他的风采。

澹台知道苏然想开一家咖啡店的事的时候，他只是拍拍苏然的肩膀，说了一句：小姑娘，很有干劲儿。

苏然狂翻白眼，觉得我有干劲儿你倒是资助我一台咖啡机啊。

苏然在忙，叶泽也没闲着。

叶泽跟着摄影社团的部分团员出去采风了，照顾叶欣欣的重担全部压在了林轩身上。

林轩几乎是每天都要两点一线地跑，但他与叶欣欣依然很少说话。

或许是时间待久了，林轩总觉得叶欣欣对他的态度有所变化。直到他无意间看到了叶欣欣的画之后，一切又回到了原点。

对于叶欣欣的大发雷霆，林轩表示很无辜。

因为这段时间叶泽不在家，林轩在叶泽家逗留的时间会稍微久一点，有时候还会陪叶欣欣吃饭。

这天也是，因为下雨，林轩特别带了外卖过来，在用微波炉热好了外卖后，林轩去叫叶欣欣吃饭。

早前，林轩知道叶欣欣画画，但他从没见过她的画，直到这次去她房间叫她起床吃饭的时候，他才看到叶欣欣的画。

木质的画板上画着一个年轻男人的侧颜，画里的人穿着白衬衫，手里握着一个相机，眼神定定地看着远方。

林轩觉得男人的眉目有一点像叶泽。

就在林轩呆呆看画的时候，叶欣欣醒了。她躺在床上，声音有点冷：“你跑到我的房间里来干什么？”

“啊？我？没什么啊。”林轩转头看着叶欣欣道，“你终于醒了，我们去吃饭吧。”

“我问你在干什么？”

“没干什么，就是在看你的画。”林轩还没反应过来，有些直愣地说道，“不过不得不说，你画得很漂亮……”

“滚出去！”

林轩当场呆住了，他夸她的画好看难道有什么不对吗？他仔细思考了一下自己说的每句话，好像并没有什么不妥。

“滚出去。”叶欣欣艰难地坐起来，一手指着门外，重复道。

“我只是……”

“别让我说第三遍！”

林轩听着叶欣欣这样说，也不敢再忤逆，他顿了顿才说道：“那我明天再过来。”说完，他便带上门出去了。

林轩站在门外，有些不理解地看着餐桌上还散发着薄弱热气的饭菜，不知道为什么他心里有点不舒服起来。

03

苏然开始在网上留意起M大附近的出租店铺，既然是礼物当然是要最完美的样子送出去。

“哎哟，叶泽来了。”苏然低头浏览着58同城，正入迷的时候她家老板懒散又欠揍的声音自头顶传来。

苏然猛抬头，哪里有叶泽的影子，于是她又继续低下头。澹台最近越来越喜欢逗弄苏然，他总觉得她瞪着眼睛瞪他的时候像极了苏杭。

如果两颊上再多两个梨涡就更像了。

苏然看中了学校外的一家面包店，因为原来的老板要回老家，所以要将店铺租出去。

下班后，苏然特意去面包店看了一下。面包店的环境和装修都很合心意，店里许多机器到时候也可以继续使用。因为处在繁华区，租金也比别的地方贵了许多。

谈价钱的时候苏然犯了难，她钱不够。

苏然站在面包店门口，眼里流露出不舍和非要拿下它不可的决心。累死累活那么久，绝对不能半路放弃。

“你再等几天吧，我筹到钱一定租的。”

“行是行，只是那么短时间，你真的能筹到钱吗？”面包店老板也犯了难，这小姑娘求了他很长时间，他女儿也是这个年纪，心终于还是软了。

“可以的，谢谢老板。”苏然喜笑颜开。

从叶欣欣家回校的林轩看到苏然从面包店出来，又看着她三步两回头地对面包店依依不舍。

“苏然。”

林轩小跑着到苏然身边，也不禁开始打量起了那家面包店。

“你不用陪叶泽妹妹吗？”

“我下班了。你呢？”

“我来看看店面。”苏然指了指后面的面包店，“这店的老板要回家了，所以要把店转出去，我想租下来。”苏然没有说出钱不够的事，如果她说了，林轩一定会义无反顾地帮她，可这次，她只想靠她自己。

“这样啊……”林轩也猜到了是资金问题，苏然不愿意说，他也就不问。

身边来来回回的有人走动，不小心碰到苏然的肩膀，苏然被撞了一个踉跄，若不是林轩在身后扶着，估计她已经被撞倒在地上了。

“看着路啊。”林轩扶着苏然。

“林轩，你知道小额贷款吗？”苏然忽然想起前几天收到有关贷款的短信，只是当时她没有注意，现在似乎可以派上用场了。

“你要去贷款？”林轩反应有些强烈，网上那些太不靠谱了。

“你难道忘了我那亲戚家的哥哥吗？”林轩几乎是吼出来的，路过的人都朝他们看过来，苏然有些尴尬。

苏然也想起了林轩家那个学法律的哥哥因为贷款而荒废学业的事。

原本只借了几千块钱急用，后来因为利息滚来滚去滚成上万，家里不富裕，卖了房子替他还。

苏然尴尬地笑笑道：“别动怒，别激动，我只是随口说说的。”虽然是这样安慰林轩，但苏然心里也已经有了自己的打算。

林轩知道苏然只是在让他宽心，但这并不能改变她的想法。

“我先走了。”林轩是真的生气了。

叶泽对她就那么重要吗？不过是一个咖啡店，竟然让她想到要去贷款来替他完成愿望。

林轩气冲冲地回到宿舍，室友们看着他怒气冲天的样子都面面相觑，却也都识相地没有去打扰他。

林轩蒙着头，他想了想，能阻止苏然的应该只有叶泽了。

林轩给叶泽打了电话，告诉了叶泽苏然打工的真正原因，也告诉他苏然为了帮他实现愿望选择去贷款的事。

“现在能劝她的只有你了。”

听到这些，叶泽先是一愣，好半天才反应过来。原来苏然去打工根本就不是她口中所说的体验生活，而是为了赚钱帮他实现愿望。

百转千回，叶泽心里一瞬间滑过各种各样的情绪，他没想到苏然会为他做到这一步。

叶泽稳了稳心绪，或许，他应该跟苏然说清楚了。

“我给她打电话。”叶泽压了压情绪，“谢谢你告诉我。”

“不用。”

挂了林轩的电话，叶泽斟酌了说辞，又给苏然打电话，他已经叫了车提前回M大。

而另一边，回到宿舍的苏然翻出了她的身份证，在网上搜索到小额贷款的资料后，她打开了一家网站的页面准备输入自己的资料。

看着银行卡卡号的那一栏，苏然忽然有些纠结，她要不要冒险试一次？苏然想着想着，手机亮了，屏幕上显示着“叶泽来电”。

苏然忐忑地按下接听键，佯装轻松地问叶泽是不是有事？

“苏然，你现在去校门口等我。”叶泽的声音有些急促，似乎有要紧事。

“怎么了？”苏然也跟着紧张起来。

“我有很重要的话要跟你说，你现在到校门口等着就行，我马上就到了。”叶泽没有给她反驳的机会，说完便直接挂断了电话。

苏然一头雾水，却还是收拾了东西听话地下了楼。

苏然并没有等很久，叶泽便出现在了她的面前。在看到苏然的身影后，叶泽稍微调整了呼吸朝她走过去。

“没事吧？”苏然走过去，将叶泽从头到尾扫射了一遍，确定他没事才开口。

“我没事，是你有事。”

“我很健康啊。”苏然摊开手，浑然不知叶泽已经知道她瞒着他筹钱的事。

叶泽看着苏然，眼神复杂。

“苏然，其实你不用为我做那么多的。”叶泽开口说道，“贷款的事不要做了。”

“你怎么知道？”苏然试探地开口。

“苏然，开咖啡店是我的梦想，不是你的，所以你不用为了我做那么多。”

“我自己的梦想不想依靠别人来实现，尤其是你。不然，我会看不起我自己的。”说着，叶泽目光灼灼地看着苏然道，“而且，开店并不是你想得那么简单的，我们需要先学习营销的相关知识，然后去做市场调研等等，并不是租下一个店铺就可以立马开店的。”

叶泽述说着开店的步骤，苏然听得一愣一愣的，这才惊觉她的想法是多么单纯和天真。

“而且既然是我的梦想，那就必须是通过我自己的努力去实现才可以的。如果你帮我完成了，那就不是我的梦想了。”叶泽脸上的表情十分认真，说话的语气也是十分严肃。

听到叶泽的想法，苏然的眼眸垂了下去，她这才发觉自己这段日子是多管闲事了。

“但我还是谢谢你，苏然。”在苏然身上，叶泽感受到了被人重视的感觉。

叶泽抱了抱苏然。

“谢谢你。”

04

苏然的失落让叶泽心里也不好受，而陷在悲伤中的苏然也没有发现此刻她和叶泽的姿势是多么暧昧。

“好了，别难过了，我请你吃东西。”叶泽弯着眼笑，顺手还捏了捏苏然的小脸。

“不吃。”苏然退出叶泽的怀抱，眼眶红红的，脆弱的模样让人想要拥进怀里好好疼爱。

“那你想做什么？上刀山下油锅我都陪你。”叶泽问道。

看着叶泽故意做出一副英勇就义的样子逗她，苏然笑出声。

“暂时还没想好。”

叶泽的手捏着苏然的手，大手握小手，苏然掩藏了情绪继续同叶泽说说笑笑。

瞎逛了一会儿后，叶泽送苏然回宿舍。

“苏然，回去好好休息，别想太多了。”叶泽的拥抱就像一副解药，瞬间消除了她所有的不安，让她变得安心了起来。

苏然在叶泽怀里羞红了脸，女生宿舍楼下来往的人很多，许多女生都投来了羡慕的眼神。

她们都认出了叶泽，摄影社团的大神。

“叶泽。”苏然有些闷，很多人在看他们。

叶泽放开了苏然，目送着她上楼，苏然顶着所有女生的眼神飞快地跑走。

看着苏然进了宿舍后，叶泽才离去。他知道，苏然并没有真正的释怀，她只是做出样子不想让他担心而已。

过几天就是周末，叶泽想了一下，决定带苏然去旅行，算是他给她这段日子为他所做的付出的回报。

打定了主意之后，叶泽便开始规划起行程。

苏然辞掉了咖啡店的工作，辞职那天，叶泽陪她一起去的。

上课前，叶泽出现在了苏然的教室里。他坐到她身边，开口道："你可以不用那么辛苦，苏然。"

"去把工作辞了吧，周末我们去旅行。"叶泽趴在桌子上，今天是自习，叶泽也不是地理系的学生，所以他有些无所畏惧。

苏然吸了吸鼻子，重重用鼻音"嗯"了一声。

叶泽小拇指勾住苏然的手指，趁着任课老师没发现前，他道："那就这么说定了，拉钩。"

"大哥，上课啊。"苏然没有对上叶泽伸过来的手指，偏头看到叶泽闭着眼睛的懒散样子。

叶泽没说话，也没再去触碰苏然，只是用书本挡着头闭目养神。

下课后，苏然听了叶泽的话去跟老板辞职。老板似乎一点也不意外，只是将工资结给了她。

"老板，我会经常回来照顾生意的。"

澹台坐在咖啡店的门口，手里端着一杯苏然叫不出名字的咖啡，眼睛里有着苏然看不明白的情绪。

苏杭走了，苏然也要走了。

"苏然，你想不想听我的故事。"忽然间，澹台叫住了正要出门的叶泽和苏然。

"老板……"苏然转头，虽然她一直很好奇老板的故事，但那终归是人家的隐私。

“苏杭是我的未婚妻。”

“什么？苏杭！”苏然震惊，那个脸上有梨涡的学姐。她和叶泽对视一眼，叶泽也是很惊讶的样子。

苏杭前几天出国了。他们都知道。

澹台咽了口咖啡，缓缓说出了他和苏杭的故事。

原来，他在这边开店是为了守护自己的未婚妻，而苏然此刻才知道他的未婚妻就是苏杭。

早在一年前，苏杭就应该毕业了，但苏杭有遗传性AD（阿尔茨海默病），记忆发生了变化，不仅影响了她的学业也影响了她的生活。她忘记了澹台，忘记了她过往的人生。

因为生病，苏杭没有完成毕业考核，于是继续留在M大学习。而对于苏杭的“无理取闹”，澹台选择了沉默和包容。

澹台知道苏杭最喜欢喝咖啡，哪怕得病后，她的爱好也没有变。所以澹台在M大的附近租下了一个咖啡店，他希望苏杭会经常来光顾。

他想在这里，守着他们的记忆。

苏然听得唏嘘，那个笑容明媚的苏杭，竟然会有那种病。

苏杭的病严重了，她已经完全忘记了澹台，或许，不久的将来她会在异国他乡孤独地离世。

“苏然，你很像她，只是，你比她幸运。”澹台的话重重地落在苏然心上，苏然心口一痛，左右两只手紧紧地缠绕在一起。

“过几天，我也要走了。她记不住我了，但我不能离开她。”说这话的时候，澹台眼里有着憧憬，却是带着一丝绝望的憧憬。

出了店门，苏然眼泪止不住地落，叶泽心里也是沉重。

苏杭也是他们的朋友。

05

辞职后的周末，苏然收拾了行李和叶泽上路了。一声长鸣，火车开始慢速地行驶，窗外的田地也跟着倒退起来。

“叶泽，你为什么喜欢咖啡？”

叶泽正闭着眼睛小憩，听到苏然的声音后才睁开眼。

“其实，我一开始并不喜欢咖啡。”叶泽淡淡地说道。

“可你之前……”苏然呆了，之前他自己说喜欢的啊。

“笨蛋。”叶泽看着一脸疑惑的苏然，开始解释，“因为我妹妹喜欢咖啡，我答应过她以后会有一家自己的咖啡店。”

听着叶泽的解释，苏然不禁唏嘘，原来叶泽想要开咖啡店是为了叶欣欣。

“欣欣她行动不便，很多地方都不能去。我便开始学习摄影，开始四处旅游，然后拍照片拿回家给她看。”叶泽自顾自地说着，“后来旅行的途中，我遇到许多人，听到许多故事，于是我也喜欢上了这样的生活方式。”叶泽好像陷入一段冗长的回忆之中，火车依旧在缓慢地向前运行。

“那你呢？你也有故事吧。”

不然，叶泽又怎么会将开咖啡店也看成是他自己的愿望。苏然这样想着。

叶泽微微一笑，如沐春风。

“一杯好的咖啡需要足够好的耐心去等待，就像一个好的故事一样。”听到叶泽说这句话的时候，苏然想到了咖啡店的老板。苏然曾经看过澹台用了一天的时间来煮咖啡，从挑选咖啡豆开始。

“我第一次旅行的时候，遇到了山体滑坡，十几个人一起去的，就只有我一个人活了下来。”叶泽淡淡地说道，苏然却听得心惊，那该是多么可怕。

“我醒来的时候，是在一家咖啡店里。唉，你说，那种在山里开咖啡店的老板是不是很奇怪。”叶泽说着自己便笑了起来。那个留着胡子的大叔，他一直都没有忘记。

“他是个很可爱，很温暖的大叔。”

苏然撑着下巴，认真地听着，脑子里甚至开始想象那位“可爱”大叔的形象。

“我在他的店里住了一段时间，每天看着他煮各种咖啡，他每煮一杯咖啡，就会讲一个故事。我就是个安静的聆听者。”

“只有有心的人才能煮出好喝的咖啡来。大叔的咖啡喝起来是甜的，你老板煮的咖啡是苦的。”

苏然撇嘴，原来不止她一个人觉得老板煮得咖啡特别苦。

“后来我又陆陆续续去了别的地方，尝过许多不同种类的咖啡，却再也找不到大叔煮的那种味道了。”叶泽的话语间充斥着惋惜。

苏然曾听过一句话，就是每个用心做咖啡的人心里都揣着一段难忘的故事。

“苏然，咖啡店于我的意义是，我希望把每一种咖啡豆的美味传达到顾客的心里，我想用心去做咖啡。”叶泽忽然转头，看着苏然，苏然被他的动作吓到，一双本就大的眼睛睁得更加大了。

“你呢，你上次说那个很重要的人是谁？”

苏然没想到叶泽会突然将问题抛到她身上。

叶泽望着苏然，认真地等着她的回答，黑眸里倒映着苏然的脸。

“我饿了。”苏然抓了抓头发，匆忙起身的时候踩到了叶泽的脚，叶泽哀号一声，做痛苦状。

苏然不理会叶泽的无赖，拿着泡面就跑到接开水的地方。火车有些颠簸，苏然扶着冰冷的铁皮，勉强稳住了身子。

苏然撕开调料包，心不在焉的她把调料全部倒进了垃圾桶，然后将调料袋放进了面里。叶泽跟过来就看到苏然这一系列傻傻的行为，还没来得及开口阻止，苏然已经开始接开水了。

“笨蛋，你吃面都是用塑料袋做调料的吗？”叶泽站在苏然身后，问道。

经叶泽一提醒，苏然低头一看。

尴尬了！她竟然把调料倒了，把塑料袋放到了面里。

苏然一时手忙脚乱，准备倒掉面盒里的水挑出塑料袋的时候竟然失把整桶面都倒了。

看着掉进垃圾桶里的泡面，气急败坏的苏然直接把手中的叉子扔了，气呼呼地就往座位上走。

“我不吃了。”她才不能让叶泽看出来她犯傻的样子。

没过一会儿，叶泽就端着泡好的面回来了。苏然趴在小餐桌上，头朝窗户，看着窗外飞驰的景象。

“吃吧。”叶泽将面朝苏然那边推了推，苏然不理他，埋着头闷闷地说：“别理我，烦着了。”

“我没想理你。”叶泽的回答很欠揍。

苏然坐直身子，将面移到眼前。她撇了撇嘴，说道：“我是看在康师傅的面子上。”

06

M市到H城十个小时的车程，到达H城时，已经天黑了。叶泽一手拉着行李箱一手牵着苏然，避免她走丢。

两人住的地方是早就在网上预订的。叶泽以前来过H城，所以格外得熟。

两人一路穿行，上了去月湖的地铁。

“我裤子可能会被你扯掉。”叶泽的呼吸轻轻吹在苏然耳后，地铁车厢里温度很低，苏然却还是浑身发烫。

叶泽订的是月湖后面的一家客栈。门前挂着大红灯笼，古色古香的门。门口种着两株金橘树，树上结了许多果子。

叶泽进去熟络地同老板打招呼，两人像多年未见的老友人。苏然从地上捡了几个干瘪的金橘拿在手里。

“你好，我是苏然。”苏然大方地做了自我介绍。

“你好，苏小姐。”老板笑着点头，随后转头看向叶泽，一脸狡黠的意味。

苏然不明所以，叶泽却催促她上楼洗澡，早点休息。

第二天苏然醒得很早，H城昨夜好像下过雨。苏然换好衣服，推开窗户，烟雨蒙蒙的月湖就在眼前，湖上已经有了小小的船只。

逛清河坊的时候，苏然发现有许多老店。两人穿梭在那些小店里，琳琅满目的商品让人眼花缭乱。因为这次是穷游，他们并没有富裕的钱来购物。

匆匆逛完购物城后，苏然站在H城的文化博物馆发起了怔。叶泽看她好像很感兴趣的样子，当即买了两张票。

博物馆里正举办着好几个展览，然而让苏然最有兴趣的则是“丝绸之路”这个展览。所谓的丝绸之路是中国最早的经商之路，渐渐地这条路越走越远，不仅沟通了中国，还有阿富汗、叙利亚、伊朗等地方，最远还延伸到了罗马。

叶泽看她伫立在“丝绸之路”的版图前站了许久，就凑了过来，他道：“对这个感兴趣？”

“嗯，觉得当时的商人真厉害。”苏然深吸了一口气感慨道，“当时没有什么便利的交通工具、详细的地图，可以说整条路都是商人一点点摸索出来的。”

“是的，可以说这帮人是最初的微商原型。”

苏然朝叶泽翻了个白眼说道：“这两者区别很大的。”

“怎么大？”叶泽一副“虚心请教”的模样。

“首先是交通问题。那时候没有像样的地图。别的不说，光是穿越沙漠都是一件非常冒险的事情，还有自然灾害等原因，可以说一个商人来回走一回，是可以赚不少，但是他要付出的也很多，而且还有语言交流的问题……”

叶泽看着苏然娓娓道来的模样，觉得认真的她迷人极了。

傍晚的时候叶泽和苏然一起回到旅社，旅社老板做了饭邀请他们一起吃。苏然刚好饿了，闻着饭香欣然同意了。

旅社老板一直不停地同叶泽说话，叶泽只是偶尔搭几句，更多的时间都是在安静地聆听。吃完饭苏然本来要帮忙老板一起收拾桌子，叶泽却拉着她上楼说要给她看照片。

苏然看叶泽神神秘秘的，也就直接去了叶泽的房间。叶泽将相机丢给她让她自己看，苏然一脸迷茫地抱着相机盘腿坐在沙发上。

苏然翻看了几张，却都是街道照，想翻出几张不一样，翻完了都只有几张月湖的晨景照。

“怎么都是街道啊？”苏然不解。

“不好看？”叶泽接住苏然递给他的相机，他觉得H城的一些古街道很有意境，最重要的就是叶欣欣很喜欢这种风格的街道，所以他才会特意多拍一些。

“不是，就是觉得你拍得太多了。”苏然如实回答，一般让叶泽格外重视的东西一定和叶欣欣有关。

“因为欣欣喜欢，我多拍些带回去给她看。”叶泽答道。

果不其然，苏然垂下头，摆弄了一下桌子上盆景。

她垂着头，心情烦闷到想要找东西转移精力。就在此时，她看到了一些关于丝绸之路的照片，苏然想到以前古人经商的聪明和努力，心底升起一片崇拜。这段时间，她仅仅为了租个店铺，就已经忙到焦头烂额了，而以前的商人不仅要围绕一亩三分地，更是把生意带到了全国，乃至世界。

苏然这样想着，也不禁暗暗下了决心，决定好好努力，像古代的商人学习。

在青旅休息了一会后，两人就去月湖散步了。

沿着断桥走，月湖的风吹动着柳絮，叶泽拍了些夜景，苏然缓步跟着。路灯昏黄，地上的彩色射灯也亮了，苏然跨步踩上去。

叶泽的梦想是开一家温暖的咖啡馆，苏然默默地记在心里。在外旅途劳累的旅人到他的店里坐一坐，暖心的咖啡师为旅人煮上一杯醇香可口的咖啡。

“叶泽，那你一开始的梦想是什么？”苏然问的是叶泽自己的梦想，与叶欣欣无关的梦想。

叶泽顿了顿脚步，拍摄照片的手也停了。

苏然以为，她等不到叶泽的回答了。

“我以前的梦想是有一个温暖的家。”

温暖的家。

前方的叶泽又迈开了脚步，苏然顿悟，小跑着跟上了叶泽的脚步。

其实，你不介意，我可以给你一个温暖的家。

苏然在心里默默说着，黑暗里看不见她红彤彤的脸。

第七章

KEAIDESHIGUANG
KEAIDENI

07

他的眼里有星光

他的侧脸有着好看的弧度，说话的时候眼睛里像是闪着星光，看得苏然的心中也忽然间充满了力量。

01

雨中的江南，云雾缭绕，耳边是淅淅沥沥的声响，鼻尖是沁人的气息。尽管因为下雨，苏然和叶泽没能走原计划的行程，但能慢下来感受这番原汁原味的烟雨江南，苏然觉得这趟旅行还是很值的。

一路上，两人走走停停，苏然不时被路边的特色小店吸引，而叶泽则是停下来东拍拍西拍拍。

许是专注拍摄的男生模样太过迷人，从小店出来的苏然一时间看得入了神，以至于没有察觉从身侧开过来的自行车。

“苏然，小心！”耳边忽然响起叶泽的声音。

等到苏然反应过来的时候，想要躲避的身子已经失去了平衡，整个人朝地面摔去。苏然心里“咯噔”一声，心想，完蛋了。

可是下一秒，自己的身子并没有如期接触地面，而是被一个温暖的怀抱给拥着。苏然微微抬头，叶泽好看的脸映在了她的眸子里。苏然的脸一下就涨红了，叶泽却忽然皱起了眉，严肃道：“在马路上不要走神，很危险的，刚才你差点被车撞到，知道吗？”说罢，叶泽松开了揽着苏然的手。

回过神来的苏然心跳如鼓，她像小学生认错般低着头站好，轻声嗫嚅道：“嗯，我知道了。”

以为是自己方才的语气太过严厉，看着眼前神情羞愧的苏然，叶泽弯了弯唇角，指着附近一家咖啡店，柔声道：“我们走了挺久了，你渴不渴？要不要进去喝杯咖啡？”

苏然呆头呆脑地点点头，跟着叶泽进了咖啡店。窗外的雨越下越大，两人点了各自喜欢的咖啡和甜品，索性在窗边的位子坐了下来。叶泽开始整理起刚才拍的照片，并跟苏然一起分享。

原以为叶泽拍了许多好看的小姐姐，苏然看着显示屏上的图像，翻来覆去却找不到几张人像。

“叶泽，你怎么拍的都是这些啊？”除了一些当地比较著名的风景之外，剩下的是石板路上的青苔、屋檐上的蜘蛛网、沾满雨滴的玻璃窗……这些落在苏然的眼里是生活里再寻常不过的东西，在叶泽的镜头下却仿佛被重新赋予了生气。

“是不是觉得这些东西很普通？”叶泽回道。

苏然点点头，白皙的小脸上写着疑惑，她说道：“是有点普通，不过你拍出来还是挺好看的。”

身边的男生没有立马接话，抿了一口咖啡，而后开口道：“确实是很平常的东西，看起来很不起眼。可即使是在我们眼中这么平凡的风景，对有些人来说却是特别的存在。”

“是因为妹妹吗？”听到这，苏然自然而然地想到了叶欣欣。

“叶欣欣以前总喜欢东奔西跑去写生，可自从出意外后，除了去医院，她便不再喜欢出门。不仅如此，她连画画也很少了。”

“可能是因为坐轮椅不方便吧。不方便出门的话，画画的灵感也会受到限制吧。”苏然看到叶泽的眼神黯淡了下去，连忙出声安慰道。

“嗯，这是一个原因，但我想更重要的原因应该是她把自己的内心给封锁起来了。我拍这些照片一方面可以给她提供画画素材，另一方面我希望……”

“另一方面你希望通过这种方法把她的心召唤回大自然，对不对？”看到叶泽欲言又止，苏然把心中的猜测说了出来。

叶泽的眼睛里闪过一丝惊讶，他显然没想到身边这个心思单纯的小女生，能轻易看透自己的心思。

“嗯，只是目前看来，还没有什么成效，唉……”

听到叶泽的叹息声，苏然原本想出声安慰，但是在脑海里搜索半天却没有没有什么合适的词语，毕竟这一下子她也想不出什么很好的解决方法。

“这家的咖啡味道可真不错呀！”她试着转移话题，“对了，听老板说这款咖啡的咖啡豆是他去印尼旅游的时候带回来的。嗯，果然原产地带回来的特别香呢……”

身侧的苏然尝了一口，眯着眼，脸上全然是享受的表情，而看到这一幕的叶泽原本有些低落的心情也跟着舒缓了不少。

“嗯，确实好喝。”他点了点头。

“对了，喝了那么多咖啡，你知道咖啡的故乡是哪里吗？”苏然继续说道。

“当然。”对于一个励志要开咖啡店的人来说，叶泽自然是知道答案的。

“是哪里啊？”苏然追问道。

“你猜猜看呗。”看到女生充满好奇的双眼，叶泽一下来了兴致，想要逗逗她。

“欧洲。”苏然不假思索地答道。

“不对。”叶泽否定道。

“那就是美洲。”排除了一个选项后，苏然笃定道。

叶泽却摆出一副吊人胃口的神情，然后摇了摇头。

“明明欧美人那么爱喝咖啡，咖啡店也那么多，竟然不是咖啡的故乡，这不太科学啊。”苏然拧着眉心，一副认真思考的模样。

“是非洲。”

“什么？”

“想不到吧。”叶泽解释道，“咖啡起源于非洲的埃塞俄比亚，然后经阿拉伯才传入欧洲的。”

“埃塞俄比亚？”苏然似是不明白，眼睛直直地看着对方。

叶泽接着道：“嗯，相传在公元600年，在埃塞俄比亚有一位名叫卡迪亚的牧羊人，有一天发现自己的羊群近来非常活泼，不停地蹦蹦跳跳，没有倦意，他觉得非常奇怪。直到有一天，他无意中看见羊群在啃食一些发亮的红果。卡迪亚猜测，一定是那种像樱桃一样的果实在作怪。他也开始尝试着吃了几颗，结果感受到了一种不同寻常的力量。于是他便拿着该种果实分给修道院的僧侣们吃，所有人吃完后都觉得神清气爽。据说此后这种果实被用来做提神药，而且颇受医生们的好评。而这种果实被认为就是现在的咖啡豆。”

“原来是这样，真是长知识了。”苏然一脸恍然，给叶泽比了个赞。随后她顿了一下，看了一眼窗外像是忽然想到了什么，笑容里透着一丝狡黠，问道，“叶老师，这雨看是还没有要停的样子，可以继续科普下去吗？”

“Sure。”叶泽笑了笑，接下来的时间里，他毫不吝啬地跟苏然分享起了自己所了解的有关咖啡的知识，从咖啡史到咖啡豆的种类，从浪漫传说到自己的故事……两人沉浸在咖啡的世界里，叶泽讲得认真，苏然也听得格外认真，仿佛这周遭的一切都已停止。

橘色的光束温柔地洒在侃侃而谈的男生身上，他的侧脸有着好看的弧度，说话的时候眼睛里像是闪着星光，看得苏然的心中也忽然间充满了力量。

她要帮他完成开咖啡店的梦想，这个想法在苏然的心中变得越来越坚定。

02

第二天，江南连绵了好几天的雨总算是停了下来，雨后的天空格外晴朗，空气也十分的清新。苏然推开窗户，伸了个懒腰，接着闭上眼大口地吸了几口气：“早安，H城。”

“都快中午了，还早？”熟悉的声音从窗下传来，睁眼一看，原来是叶泽。

“我喜欢，哼。”面对叶泽，苏然撇了撇嘴，表示并不在意。

“我要出去觅食了，你是待在这里还是跟我一起去？”已经穿戴整齐的叶泽问道。

“觅食……可是我才刚起床，可能还需要二十分钟才能出门。”苏然抓了抓凌乱的头发答道。

“哦，那我先走了。”说罢，叶泽便转身要走。

“咕……”这时，苏然的肚子不凑巧地发出了声音，“哎，别，等等我，给我五分钟，五分钟就好！”话音还未落，叶泽便看到苏然的身影朝洗漱间奔去。虽然他并不相信女孩子真的可以只花五分钟就收拾打扮好自己，但还是回到大厅里坐了下来。

而五分钟后，苏然竟真的就出现在了大厅。只是站在叶泽面前的女生，身上宽松的T恤一半扎在牛仔裤里一半落在外面，头发被随意地绑成一个鬏，微微上扬的嘴角竟还挂着一抹白色泡沫。

叶泽先是愣了一愣，随后走到苏然面前，修长的手指在她的脸上蹭了蹭。苏然当下心中一震，被男生手指触及的小脸瞬间发热，整个人一下僵在原地动弹不得。

这是什么情况？

“好了，我们走吧。”收回自己的手，叶泽满足地笑了笑，而后走出了青旅。

苏然点点头，自己的双腿却没有迈出一步，整个人还沉浸在刚才那一幕里。

等等，刚才他眼神里的宠溺是怎么回事？

按照行程，两人吃过早餐后，去了第一站——H城美术学院。作为国内数一数二的美术学院，除了有别具艺术气息的建筑，校园风景也是相当令人称道。

林荫道的两旁栽满了梧桐树，清风拂过，耳边传来树叶沙沙的声音。碧波荡漾的湖水中，倒映着形态各异的建筑，间或还有成双成对的锦鲤掠过湖面。

叶泽拿着相机在作品展示栏那里不停地拍着，苏然这个外行看不懂那些，于是一个人在校园里瞎逛，没想到碰上了美院的“落叶艺术节”。眼下，正是秋天，原本该变腐朽的落叶却在美院学生的手里焕发出了新的生机。他们用自己的创意把落叶做成了艺术品，有“蝴蝶”、“迷宫”、“飞机”……

看到这些有意思的作品，苏然一边感叹一边拿出手机来，“咔嚓”“咔嚓”拍了几张，然后慢慢地品味起来，思考着能不能把这样的创意用到将来的咖啡店里。

“咔嚓。”清脆的快门声在耳边响起，苏然循声回头，不知道何时叶泽已经来到了她身旁。

“叶泽，快看，快看，这边。”她兴奋地唤他。

“嗯。”叶泽应声走近，在见到那些落叶艺术品时，也不禁被震撼到，“早就在媒体上听说过H城美术学院的‘落叶艺术节’，今天亲眼所见，果然很有创意。”

“可惜我的手机摄像头拍不出它们的美感。”苏然撇撇嘴，遗憾地轻叹道。

“这不是还有我这个专业人士在吗？”叶泽把相机举到苏然面前示意，脸上是满满的自信。

“好的，叶大摄影师，咱们只剩十五分钟就要去坐车了，请马上开始你的拍摄，不然就来不及了。”苏然很是配合地说道。

接下来的时间里，叶泽专心致志地拍了起来。

而另一边，原本在陪叶欣欣晒太阳的林轩突然肚子疼去了洗手间，让叶欣欣先帮他拿一下手机。手机屏上正显示的是微信朋友圈的界面，叶欣欣的视线不经意间便看到了苏然的一条新动态。

“‘落叶艺术节’打卡，不虚此行！”配图是几张艺术品的照片，以及一张男生的背影照。不用猜，叶欣欣便知道那个背影的主人是自己的哥哥，毕竟她和他一起生活了这么多年。接下来，她的手指在屏幕上的定位停了下来。

H城美术学院，那是学美术的人的梦想，是她曾经做梦都想考上的大学。在高考前的岁月里，她不止一次幻想过自己在那里的学习生活会有多么美好。可后来因为车祸，自己错过了考试，她与梦想失之交臂。

不仅如此，因为车祸，原本身材完美的她竟一夜之间成了残疾。她愤怒，她怨恨，她觉得这个世界对她太过残忍。于是，无论是学习还是生活她都失去了兴趣，美术学院也成了她心中不敢碰触的地方。

可如今，哥哥却抛下行动不便的自己，跟其他女生去了美术学院，一想到这，叶欣欣的内心就升起了一股奇怪又让她难受的情绪。她坐在轮椅上盖着薄薄的毯子，握着手机的右手渗出了汗。

03

等到叶泽心满意足地拍完，距离班车开车的时间已经很近了。因为学校离坐车的地方还有段距离，想着反正也赶不上车了，两人便决定在美术学院多待一会儿，把学校附近的地方也逛逛。苏然误打误撞走到了美术学院的文艺街，也是每个大学附近都会有的一条受学生喜欢的小街。在这条不足1千米长的街道上，坐落着大大小小、风格迥异的小店：饰品店、二手图书店、甜品店、手工护肤品店……

两个人边逛边聊，原本是打算去找家小饭店解决午饭的，却没想到会在途中被一位“不速之客”给拦住了。

“不速之客”有着浅浅黄黄的毛发，脑瓜小小的，身体却很大，模样甚是可爱。

“嗨，咪儿……”苏然伸手摸了摸“不速之客”的小脑袋，疑惑道，“怎么了？找不到回去的路了？”

此时，一只胖乎乎的小橘猫正抱着苏然的小腿，可对于苏然的问候，小橘猫并没有任何反应。

“咪咪？喵喵？咪儿？”小橘猫仍然是自顾自地舔着苏然的脚，虽然她平日里并不怕猫，但对于第一次见面就表现得这么热情的猫咪，苏然还是表示自己内心有点怕怕的。

“你该不会天真地以为每只猫都叫‘咪咪’、‘咪儿’之类的吧？”叶泽轻笑一下，而后唤道，“欧尼，乖，下来。”说罢，叶泽轻手轻脚地将挂在苏然腿上的小橘猫给捞了下来，整个过程自然又温柔。

“欧……尼？”看着窝在叶泽怀里一脸安逸的小橘猫，苏然的脑海里只有问号，“你们认识啊？”

“嗯。”叶泽边给小橘猫顺毛边答道，“刚认识。”

“什么鬼？”明明自己跟叶泽都是同时见到这只猫的，怎么它不认识她，反而认识他了？

“欧尼？欧尼？”这时，从一旁的店面了传来一阵急促的呼唤声。紧接着，一个看起来跟苏然差不多大的女生出现在他们面前，当她的视线落到小橘猫身上的时候，脸上焦急的神情明显褪了下来。而小橘猫也从叶泽身上跳了下来，朝女生那儿走去。

“真是不好意思了，两位，”她把这只名叫“欧尼”的小橘猫抱了起来并跟苏然和叶泽道歉，“欧尼这孩子真是太顽皮了，老是一声不吭跑出来，看到陌生人也特别热情，希望两位没被它吓到。”

“没关系，欧尼这么可爱，怎么可能会吓到人！”叶泽摆摆手，笑着说。

“那这位小姐也没事吧？”女生指了指他身边的苏然，眼神里透着一丝担忧。

转眼见到苏然仍是一副呆愣的模样，叶泽不禁心中窃笑，刚准备解释，就听到苏然开口道：“我没事，可能一时没适应过来这么热情的猫咪，毕竟平常大家印象中的猫咪是很高冷的。”

“那就好。”女生算是放下心来。

“这猫叫欧尼？”苏然看着躺在女生怀里正悠闲地舔着自己的爪子的小橘猫，觉着甚是可爱。

“嗯。”女生点点头，然后用手指戳了戳欧尼胖胖的脸蛋，接着说道，“是不是觉得这名字很奇怪？”

“有点，欧尼，好像是韩语？”苏然问道。

“哈哈，不是韩语那个欧尼的意思。”女生弯起眼睛，笑着解释道，“其实它一开始是叫‘芋泥’的。后来来了个客人，用自己家乡话叫它，他们那边家乡话叫‘芋泥’跟‘欧尼’同音。那位客人在这玩了一个月，几乎天天来店里，欧尼又超级贪吃，总是去蹭那位客人的食物。于是久而久之，它就只听得懂‘欧尼’，大家也只好跟着叫它‘欧尼’了。”

“喵……”说到这，欧尼还配合地叫了一声。

“没想到这还是一个关于吃货的故事啊，哈哈。”叶泽也跟着笑了起来。

“喵……”欧尼又唤了一声，女生这才想起来这个点猫主子估计是饿了，“糟了，我还没给它做猫饭！”

“咕……”与此同时，一阵响声从苏然的肚子里传来。苏然尴尬地笑了笑，用手指戳了戳叶泽，示意准备离开。

“你们也饿了吧？”女生问道，随后指了指身后的店道，“如果不介意的话，中午就在我这里吃吧，就当我替我家猫主子给你们赔罪。怎么样？”

循着女生的手所指的方向，苏然这才注意到那家店的店名：第37个故事。

这一看，倒是把她给深深地吸引住了。“可以，但是我们不会吃霸王餐的。”苏然眨眨眼，回应道。

“好好好，那你们得帮我试试新品，我今天早上刚想出来的，正需要有人给意见呢。”说罢，女生领着苏然和叶泽进了店，招呼他们坐下后，便去工作间忙了。

04

这是一家手工烘焙店，店主叫加恩，也就是欧尼的主人，刚才那个邀请他们进店的可爱女生。

整间小店笼罩在一种暖暖的色调下，空气中总飘着一股淡淡的香味。墙壁被刷成暖暖的橘黄色，彩色琉璃吊灯装饰着房顶。复古木色的吧台上，有透明玻璃罩住的精致甜品和杯子蛋糕。吧台的对面，有一个小舞台，舞台上摆放着一个音响、两个麦架、两台高椅、一把尤克里里和一把吉他。没人演奏的时候，音响会播放一些可以令人舒缓心情的轻音乐，各种语言的都有。

玻璃门上的木质小黑板，店主加恩会用可爱的字体写上每天的主打产品和新品，照片墙上则挂着盖着世界各地邮戳的明信片以及一些顾客的照片。

“待在这里可真舒服啊，”看着欧尼一脸惬意地躺在自己的脚边，苏然不禁感叹道，“我也想变成欧尼了。”

“扑哧。你也想赖在这里不走了吗？”叶泽打趣道，“不过，这家店的氛围确实是让人很享受，值得学习，值得研究。”不仅仅是苏然，连叶泽也喜欢上了这个散发着文艺气息的小店。

“对，咱们得记下来，以后等开店的时候可以拿来参考。”说着，苏然从背包里掏出了自己的小本子，而叶泽则掏出了自己的相机。

只是苏然才没写几个字，空气中便飘来一股浓郁的香味。这股味道中除了咖啡豆的香味之外，还夹杂着两种味道，像是焦糖包裹着茶，甜而不腻，沁人心脾。苏然寻着味道看去，便看到加恩端着托盘过来了。

“好香啊，”苏然称赞道，迫不及待地从加恩手里接过蛋糕和咖啡，“谢谢。这是什么蛋糕、什么咖啡啊？”

“榛果巧克力蛋糕和红茶焦糖玛奇朵，这是今天的主打，想着你们也饿了，总得先让你们吃着，也不知道你们喜不喜欢。”加恩答道，眼神里透着期待，“尝尝吧，应该还不错的。”

“好的，那我们就不客气了。”叶泽说罢，便喝了一口咖啡。

苏然也点点头，拿起叉子戳了一小块蛋糕。

柔软的蛋糕入口即化，绵密的朱古力味道萦绕在嘴间，而榛果则在巧克力之后提了果肉香。

“好吃，好吃到整个人要飞起来……”苏然抬起头，看向加恩的双眸里充满了敬佩，她赞道，“加恩，你好厉害！竟然可以做出颜值这么高又美味的蛋糕来！”

“这款玛奇朵也很棒，茶的涩味跟牛奶的甜腻刚好平衡了，入口后不仅仅有咖啡味，还有清新的茶味以及香甜的奶味。”叶泽也忍不住夸赞道。

“嘿嘿，你们喜欢就好。”加恩弯着亮晶晶的一双眼谦虚道。对于她来说了，自己做的东西得到客人或是朋友的喜欢就是最大的褒奖。

“对了，我看到橱窗上似乎还有一些小肥皂，那也是你做的吗？”

苏然追问道。

想着这个时候也没有其他客人，加恩便坐下来跟他们两人聊了起来。原来“第37个故事”除了卖蛋糕、甜品和咖啡，还有各种味道的手工皂出售。

“这款叫‘晴月’，主打油脂是月见草油，水相是熬制的银耳红枣汁，做这个一开始是因为我自己爱喝银耳汤，哈哈……”

“那一款叫‘热情仲夏’，是之前有个顾客为了做婚礼回礼让我给她定制的一款手工皂，名字刚好取了这位顾客跟她老公的姓氏。原料除了用到修复保湿的红棕榈油等植物油之外，我还添加了甜橙精油，这样洗的时候你还可以闻到淡淡的甜橙香味……”

加恩领着苏然和叶泽到橱窗边一一给他们介绍，两人听得格外认真，苏然不时还在小本子上记录着。

“看来，这些还不是普通的手工皂，每一种都有着自己的故事啊。”叶泽惊叹道。

“没错，虽然说起来可能有点做作，但其实这里的手工皂都有自己独特的味道，有时候是一个故事里藏着一个味道，有时候是一种味道里藏着一个故事。”说到这时，苏然看到加恩那对琥珀色的眸子里绽放出了好看的光彩，这样的光彩让她心中生出无限的向往来。

“说到故事，我们这儿还为顾客准备了一本故事集呢，”说着，加恩便从照片墙上取下一本有些泛黄的笔记本递给了叶泽。

“刚开始这本本子我是想用来收集顾客意见和建议的。有一天，店里来了一个初中生模样的小女生，她一个人坐在这一整天一直闷闷不乐，后来还哭了起来。我怕她出了什么事，于是便多问了几句。问了之后才知道，原来她的父母趁她不在的时候看了她的日记本，她发现了之后便不再敢记日记了。可是，那个年纪的小女生总是有许多的小心事，没法一一跟人倾诉，憋在心里也很难受。了解这些后，我就跟她说，不然把心事写在我这里好了，可以署名也可以匿名。哪怕被人看到也没关系，反正来这里的人也不认识她。小女生答应了，于是在这个笔记本上写下了自己的故事。”

“难怪你家店名叫‘第37个故事’了。”叶泽翻开笔记本，发现里面不仅记录着故事，有的故事旁边还附着插画。“不过，这里面应该远不止37个故事吧。”

“是啊，因为自从那个小女生写了之后，就一发不可收拾啦。后来很多顾客也像是把它当‘树洞’，纷纷写下了或者画了属于他们自己的故事，这故事集也换了好多本了。”加恩笑着说道，“不过老实说，这些故事也为我提供了不少灵感，哈哈。”

“真好啊……”苏然感叹一声，语气里充满着艳羡，“叶泽，你说我们学校附近怎么就没有这样有故事的店呢？”

“这不正等着我们回去开吗？”叶泽挑了挑眉，嘴角漾起一抹自信的笑来。

“话说，你们俩要不要试写一下？”加恩眨了眨眼，像是感受到面前这两人之间略显暧昧的氛围，一脸狡黠地问道。

却不想叶泽立马回绝，说道：“谢了，不过我想这种东西还是更适合你们这些小女生，我一汉子能有什么心事。”说罢，他还意味深长地看了身旁的苏然一眼。

可这一眼却被苏然理解成了嘲讽，她立马反驳道：“嘁，这只能说明你是个糙汉子，心思不够细腻。加恩，咱们别管他，我来写。”

加恩配合地点点头，然后拿了笔给苏然。

05

只是令叶泽没想到的是，苏然认认真真写完之后，小声跟加恩说了几句什么，便拿起包包跟他和加恩告别说自己要先回青旅了。一开始叶泽还以为苏然是对他先前的言论生气了，准备追出去道歉却被加恩拦住，她说：“别担心，她是有点私事需要回去处理下。”

“这样，那好吧，”想着从这回去青旅有直达的汽车，路程也不算远，再加上加恩肯定的语气，于是叶泽放下心来继续拍照。等拍完，他也直接回去好了。

虽说放心下来，但叶泽还是发了条微信给苏然。

而在回青旅路上的苏然，全程却坐立不安，她用手捂着隐隐作痛的肚子，额头上也渗出小颗的汗珠来。原本以为生理期最后一天，应该不会有什么事，没想到刚才喝完冰饮，苏然的肚子就痛了起来，裤子似乎也被残余的经血给弄脏了。

此时的苏然懊悔不已，想着刚才要是能再忍忍就好了。还好在叶泽没来得及发现她的异样之前，她便跑走了。一想到方才窘迫的情景，苏然的脸上就不自觉地泛上一丝潮红。

二十分钟的车程结束后，苏然刚进“遇见杧果”青旅的大厅，便接到了叶泽的电话。

“苏然，你到青旅了吗？”电话那头传来男生略显焦急的声音。

“嗯，到啦。”苏然边上楼边回答。

“抱歉，我要放你鸽子了。我现在在火车站，今天晚上就得坐车回去，你看你是跟我一起回去还是继续留在这儿？”叶泽的语气十分严肃，一点也不像在开玩笑的样子。

“我……”苏然像是瞬间意识到了事情的严重性，于是停下脚步反问道，“是发生了什么事吗？怎么要走得这么急？”。

“嗯，刚才我接到叶欣欣的电话，”叶泽边说着电话，视线随着大屏幕上不停滚动的列车信息移动。“欣欣她从轮椅上摔了下来，身上多处受伤，我得立马赶回去处理一下。”

听到叶欣欣受伤，苏然的心咯噔了一下，哪怕是看不到叶泽的脸，她也能想象到此刻的他内心有多焦急。

“如果你不想一个人在这边玩的话，就跟我一起回去好了，我看到还有票，咱们下次再来完成接下来的行程就好。”叶泽继续说道。

“没事的，你不用担心我，你快些回去照顾叶欣欣。”苏然知道，尽管叶泽经常旅游，但基本都是穷游，资金并不富裕，所以她也不想浪费已经付过定金的住宿和行程。

“你一个人在这边真的没有关系吗？”苏然平时看起来大大咧咧的，生活上也会偶尔犯迷糊，老实说，要让她一个人在这人生地不熟的地方待好几天，叶泽想想就觉得担心。只是，此时受伤的叶欣欣显然更需要他。

“叶泽，你这是看不起我，我可是一个手脚健全的成年人，好不好？”苏然故作嗔怪道，“再说了你不是已经把所有行程都规划好了吗？你就放心吧，我会按计划完成咱们的行程，并且会把有意思的东西记录下来回去分享给你的。”

听到对方信誓旦旦地保证，叶泽也不再劝说，当下买了时间最近的那趟车的车票。“那你有什么事记得给我打电话，电话不方便的话，发微信给我也可以。”

“行了行了，我又不是3岁小孩，别婆婆妈妈的了。”苏然应道。

尽管听到苏然的语气中带着一丝不耐烦，但此时身处售票大厅的叶泽，嘴边却浮出一丝笑意来。

他想，他心中那个咋咋呼呼的小姑娘，大概已经开始在成长了。

06

黄昏时分，吃过晚餐的苏然闲得无聊，因为天色已晚不好去远的地方，于是她只好躺在床上玩手机。浏览朋友圈的时候，她忽然看到加恩更新了一条动态：晚霞这么美，有人约骑行吗？

看到这，苏然摸了摸自己的肚子，嗯，好像已经完全没事了。而且，晚饭她刚吃了不少东西，是该出去消化消化。想到这，她点开了加恩的对话框，输入了一排文字。

十分钟后，苏然跟加恩分别骑了一辆共享单车，从各自所待的地方前往月湖。两人在湖边的陶然亭汇合之后，便一起沿着湖边由东向西骑行。天边是大块大块的火烧云，轻柔的湖风撩起两人额前的碎发，清新的空气随着风扑面而来，好不惬意。

“苏然，你明天有什么安排吗？我可以当你的导游哦。”跟苏然并排骑着的加恩忽然兴致勃勃地问道。

“真的吗？你要当我的导游？”原本作为一名路痴，出门前还在纠结着明天的行程安排的苏然，此刻听到加恩的话，像是落水的人见到救生员一样开心。只是她还是不确定，对方只是客套还是真的愿意。

“当然是真的，我明天休店，想想好像也没什么安排，难得我们这么聊得来，不如带你到处逛逛。”加恩点点头，莞尔道。

得到对方确切的回答，苏然眼睛一亮，兴奋道：“太棒了！颜值高、又有才、人还这么好，加恩你简直是女神嘛！”

“哈哈哈，不敢，不敢。”苏然的夸奖让人很受用，加恩心情大好。“苏然，咱们来比赛，怎么样？”

“好呀，比什么？”苏然一副跃跃欲试的模样。

“比速度。前面有个肯德基，晚到的那个人请对方吃甜筒，怎么样？”加恩停下来，指了指前方。

苏然也停了下来，确认了肯德基的方位后，她回道：“好，你来喊口令吧。”

“3、2、1，开始！”话音刚落，两人分别踩下踏板，重新出发。

一开始，因为起步反应略慢，苏然落后加恩一小段距离。不过，虽然爆发力不够，但耐力苏然还是有的。过了半程之后，苏然逐渐发力，不仅赶上加恩还一下反超了她。距离终点越来越近的时候，苏然的手机突然间响了起来，接着她松了一只手去口袋里摸手机。

“吱吱……”下一秒，一阵刺耳的刹车声在加恩的耳边响起。随后，她看到苏然的整个身体从单车上摔了下去。

“苏然！”加恩赶紧停了车，朝苏然奔了过去。只不过是一瞬间的分神，当加恩看到一辆单车从苏然的前方朝她摇摇晃晃地驶来的时候，她甚至还没来得及提醒苏然，苏然便被那辆车撞了。

肇事者在一旁拨打着急救电话，此刻的加恩头脑里一片混乱，她一边懊悔刚才不跟苏然一起比什么赛就好了，一边嘴巴不停地念着“苏然千万不要出事”……

在等待救护车的过程中，加恩尝试着替苏然查看伤势。还好还好，身上并没有大出血的伤口，只是头上、手臂上、腿上有些擦伤，应该问题不大……可是为什么这会儿任她怎么唤苏然，对方都没有一点反应？该不会是脑部有内出血吧？加恩不敢再继续想下去。

第八章

KEAIDESHIGUANG
KEAIDENI

08

你是我最重要的人

于这大千世界，他和叶欣欣就像是蜉蝣一般，人情冷暖，他们都只能拥抱彼此。

01

夜幕降临后的M市，霓虹灯闪烁，空气中弥漫着金桂的香甜味，远处的江边正燃放着绚丽的烟花。

此时坐在出租车里的叶泽并没有心情去欣赏风景，他的心思全在家中的妹妹身上。

一开始，叶泽有想过给林轩打电话，让林轩先行去他家把叶欣欣送去医院，可电话拨过去的时候才发现对方已经关机了。叶欣欣在电话里说林轩已经下班回去了，也不再好把他叫过来加班，况且她的伤也没严重到有生命危险。听到自家妹妹还有精力为他人考虑，叶泽也没那么担心了。

他刚刚给苏然打电话，想要告诉对方自己已经到达，电话拨通了却没人接。叶泽猜测苏然估计是在外面玩没听到电话，于是也没多想。

听到从钥匙孔传来开锁的声音，背对着房门坐在地板上的叶欣欣深吸一口气，开始酝酿情绪。

“欣欣，你怎么样了？”

听到叶泽的声音从身后传来，叶欣欣张了张苍白的嘴，传出虚弱的声音来。

“嗯，我还好，哥哥。”

嘴上虽然这么说，但叶泽看到叶欣欣的身体明显是在颤抖，他赶紧放下背包跑了过去。

看到叶欣欣的身上有几处发青的地方，以及额头上渗出的细密汗珠，叶泽算是明白她为什么会发抖了。他以为她是为了不让他担心在强忍着疼痛，于是心上一紧，抱起叶欣欣便往外走。

“我们这是要去哪？”叶欣欣问道。

“医院。”叶泽答道，说话的语气里明显有了怒意，“你明明受了很重的伤，就不要再瞒着我了。我是你哥哥。”

“对不起……”叶欣欣抿着嘴小声说道，脸上是内疚的情绪，“你不要生气了，哥哥。”

“没事了，你先休息一下，等到了医院我再叫你。”叶泽安抚道。

“好的。”

市中心医院。急诊科的医生为叶欣欣做完了几项简单的检查后，表示其身体没有大碍，但是考虑到她是从床上摔下来，担心体内可能有损伤，于是建议叶欣欣留院观察两三天，做一下全身检查。

叶泽接受了医生的意见，他把叶欣欣安顿好之后，自己找了一张空出的病床睡了下来。

周五，林轩因为只有上午有课，于是安排了下午陪叶欣欣去做物理治疗。

午休过后，林轩如约来到了叶家，却发现家里似乎没人。吃了闭门羹的林轩正准备给叶欣欣打电话，对方却正好打了过来。

“喂，林轩，不好意思，我现在不在家。”电话那头的叶欣欣淡淡地说道。

“嗯，发现了，我现在正在你家门口呢。”林轩回道，“今天是不做物理治疗了吗？”

“不了，我在住院呢。”尽管是在住院，但听起来，叶欣欣的心情像是不错的样子。

“住院？”林轩愣了愣，接着询问道，“你怎么了？在哪家医院啊？我马上过来。”

“市中心医院。我不小心从床上摔下来了，不过应该问题不大。好了，不跟你说了，我要去做检查了。”说罢，叶欣欣便挂断了电话。

“好……”林轩话音未落，手机里便传来一阵忙音。明明昨天自己离开的时候，叶欣欣还好好的，怎么会突然从床上摔下来呢？

前往市中心医院的车上，林轩握在掌心的手机屏幕上忽然跳出一条新动态，是苏然的QQ新动态。他对苏然的QQ设置了特别关注，为的就是能第一时间看到她更新的动态。林轩立马解了锁，点进去查看，却没想到是一张正在输液的苏然的照片。

照片里的苏然额头上有着明显的擦伤痕迹，手臂上也青一块紫一块的。可即使是这样，苏然在拍这张照的时候，还是笑得一脸灿烂地摆出了剪刀手。

看到这，林轩既觉得好笑又觉得心疼。他想要知道苏然的现状，于是马上拨通了对方的电话。

“喂，林轩。”苏然唤道。

“苏然，你受伤了？”林轩开门见山地问。

“你怎么知道的？”苏然问。

“你自己发了照片啊。怎么搞的？”林轩接着道。

“哦，糟了！”苏然刚才并没有意识到这张照片会透露自己受伤的事，为了不让父母担心，她赶紧地删了照片。

“怎么回事？你快说啊。”听到对方焦急的语气，林轩的心也跟着紧了一下。

“昨晚骑车的时候跟人撞车了，不过不用担心，医生说没有伤到骨头，问题不大。”苏然赶紧解释道。

“你在哪个医院？我马上买票过来看你。”林轩看了一眼腕上的手表，应该还有车去H城的。

“慢点，我真没什么事，过两天就可以出院了，你也懒得跑一趟。”苏然安抚道。

“不碍事，反正接下来是周末。对了，你爸妈他们知道了吗？”林轩问。

“没，你可别告诉他们。我可不想被他们臭骂一顿。”苏然撇撇嘴，说道。

“这样的话我更应该过去了，你在那边人生地不熟的，连个帮你买饭的人都没有，你就别逞强了。”林轩依然坚持着。

“谁说没有人给我买饭了？我在这儿，不仅有人给我买饭，还有人天天帮我炖爱心汤来着。非但没有你想象得那么凄惨，反而还过得很滋润呢。”

确实是有人来照顾她，那个人就是加恩。只是苏然觉得老麻烦她还耽误她工作，自己心里过意不去，于是让她顶多一天来看一次就完全足够了。

不过，为了让林轩打消来医院照顾她的念头，她把现状稍稍夸张了一点。

苏然不是不知道自己这个青梅竹马的心意，可既然自己无法回应，那么她就不该一味索要对方的付出。

听到苏然有人照顾，在林轩脑海里第一个闪现的名字便是叶泽。他早就该想到的，毕竟自己先前就知道，苏然是跟叶泽一起去的H城。看来，如今的苏然已经不再需要他这个青梅竹马了。想到这，林轩的心中涌过一阵酸涩。

“好吧，那你在那边好好照顾自己，有需要的话记得找我。”林轩淡淡地说道。

“嗯，你放心啦。”苏然总算放下心来。

02

医院的走道里，弥漫着浓烈的消毒水味，坐在轮椅上的叶欣欣忍不住皱了皱眉。自从车祸之后，自己便成了医院的常客，可即便如此，叶欣欣也还是不喜欢这股味道。

拐弯的时候，叶欣欣因为还没吃午饭，整个人都有些虚弱，手上使不出力来。她正想着呼叫护士帮忙，下一秒，自己的轮椅却被一双强有力的手给推动起来。叶欣欣以为是出去帮她买饭的哥哥回来了，满脸笑容地转过头去看身后，没想到来人是林轩。

“你怎么来了？”说话的时候，叶欣欣脸上的笑容暗了下来。

“我可是你的兼职‘护工’，来看看你不是分内的事吗？”林轩回答得一脸理所当然，并不在意对方不好看的脸色。

“这两天你都可以放假的，我反正住在医院里。”叶欣欣并没有理会他的好意，而是下了逐客令。

“既然老板要放我的假，我就恭敬不如从命了。我推你回房间就走。”林轩笑着回道。

“嗯，”叶欣欣应声道。

回到病房，把叶欣欣抱到床上之后，林轩便准备离开。只是他刚准备关门，便撞见刚买完饭的叶泽。

“叶泽，你怎么在这？”林轩愣了一下，接着诧异地问道，“你不是在H城的吗？”

“昨晚欣欣说她摔倒受伤了，所以我连夜赶回来了。”叶泽先是解释，随后问道，“对了，昨天你不是在我家照顾欣欣吗？”

“是啊，昨天我陪着她晒太阳到太阳下山才走的，走的时候她还好好的。”林轩回忆道。

“嗯，那应该是她晚上自己不小心摔了。”叶泽点点头。

“是哥哥回来了吗？”这时，叶欣欣的声音从病房里传出。

“嗯，是我。”叶泽应道，接着他跟林轩道谢道，“谢谢你来看望我妹妹，不过我得先失陪了。”说着，他举了举手中打包的午餐，示意自己要先送进去。

“没关系。”林轩下意识地回道，却忽然想起了此时同样在住院的苏然。

他原本以为是叶泽在H城照顾着苏然，可叶泽刚才明明说自己在昨晚已经离开H城，赶回来照顾受伤的叶欣欣。那此时此刻照顾苏然的是谁？还是说，苏然根本就是在撒谎，自己在照顾自己？

想到这，林轩跟着叶泽进了病房，追问道：“等等，叶泽，你知不知道苏然昨晚撞车了？”

“撞车？”叶泽一脸茫然地看着对方。

“苏然撞车了？真的假的？”坐在病床上的叶欣欣也问道。

“是，昨晚苏然骑车的时候不小心跟人撞了，受了伤，现在在住院。”面对叶泽的无知，林轩的心中顿时升起了一阵怒意。

“她伤得严重吗？”叶欣欣难得地表现出对他人的关心，“你联系上她没？”

而叶泽明显是被这个事情所震惊到，他神情木然地站在原地，半天没说出一句话来。他实在是没想到，自己前脚刚刚离开H城，苏然就跟着出事了。

“刚才我跟她打了电话，说是没伤到筋骨，没什么大碍。”说到这，林轩的眼神里透出丝丝寒意，他黑着脸看着叶泽嘲讽道，“但是拜你所赐，苏然还是要在医院住几天。”

“苏然受伤关我哥什么事？林轩你是不是搞错了什么？”听到叶泽被人指责，叶欣欣立马反驳道。

“欣欣，别这样。”叶泽突然开口道，“这件事我也有责任的。”

“哥哥，苏然撞车这件事明明就是个意外……”叶欣欣劝说道。

“你当然要负责任。要不是你把苏然一个人丢在那里，苏然会出意外吗？”林轩越说越激动，“既然一开始这个旅程就是你带着她去的，那你就得好好地陪她走完全程才对！你在中途丢下她，你有考虑过她的感受吗？苏然她一个女孩子在H城那边举目无亲的，你就这么把她丢下，她现在出了事都没人照顾，你知道吗？”

“林轩你够了。苏然是我哥什么人？他可没有义务照顾她。再说了，我哥中途回来是因为我受伤，是苏然自己不肯跟他一起回来的。现在她受伤了，只能说她运气不好，这是意外，谁都不想的。”面对林轩对叶泽的一顿谴责，叶欣欣愤然回击道。

“你们两兄妹还真是同样的冷漠无情。”林轩冷笑一下，随后转身出了病房。他不想继续跟这两兄妹再做一些无谓的争论，毕竟此时的苏然需要人照顾，苏然不肯告诉父母，那么他去就好。

亏他先前还想着既然苏然对叶泽有意，那自己退出就好，毕竟他希望苏然幸福。可他没想到的是，以为会护苏然周全的叶泽，竟会在途中抛下她。

03

“哥哥，你别理他。”见到林轩怒气冲冲地离开后，叶欣欣不以为意地说道，“我们吃饭吧。”

“嗯。”叶泽点了点头，接过妹妹递过来的筷子，脑海里却还在回想着方才林轩的那些话。

林轩说得没错，虽然车祸是意外，但要是当时自己执意要带着苏然一起回来，苏然也就不会发生这样的意外了。他该庆幸，还好苏然伤得不是很严重，不然他会恨死自己。他该去补偿苏然的，可偏偏妹妹也在住院。

此时的叶泽，内心遭受着煎熬，一边是自己亲妹妹，一边是苏然，他恨不能分出两个自己来。

吃饭的时候，叶欣欣跟叶泽两人相对无言，病房里只听得到小口咀嚼食物的声音。而下午去陪叶欣欣做物理治疗的时候，叶泽也只是有一句没一句地附和着她的话。看得出叶泽的失神是受了苏然的影响，叶欣欣的内心不禁对她生出了一丝厌恶。

早在知道叶泽和苏然出去旅游后，她心里就不舒服了。潜意识里，她将苏然当成了敌人，会抢走叶泽的敌人。

看着魂不守舍的叶泽，叶欣欣有些难过。

她什么都没有，只有叶泽这个哥哥。

苏然和她不一样，苏然有家，苏然有健康的身体，苏然还有朋友。

而她，只有哥哥。

就像小孩子保护着心爱的玩具，被人抢走后就会崩溃大哭。

叶泽于叶欣欣来说，就和小孩子守护心爱玩具是一个道理。

这样的状态一直持续到了晚上，叶泽帮叶欣欣洗漱完，准备等她先入睡后自己再去给苏然打个电话。而叶欣欣却丝毫没有睡意，她见到自己哥哥正坐在床边看手机，忽然间拉过了他的手。

“哥哥，你真好。”叶欣欣的嘴角噙着笑，眼神里满是感恩。

“嗯？”对于妹妹突如其来的感谢，叶泽显然有些不明所以。“怎么突然说这个？”

“还记得我十岁那年住院，也是哥哥你陪在我的身边。”叶欣欣像是想起了什么开心的事，一脸满足地说道。

“是啊，那会儿爸妈刚好都在出差，只有我跟你在家。没想到你感冒了半夜发高烧，吓得我赶紧背着你往医院跑。”叶泽也跟着回忆了起来，“还好，那次发现得早，不然就引发心肌炎了。”

“说起来那时候的你可真皮，为了不去上钢琴课，竟然淋雨把自己弄感冒。”说着，叶泽脸上出现了一抹笑意。

“那人家是真的不喜欢练钢琴嘛。”叶欣欣吐了吐舌头，俏皮的模样让叶泽仿若看到了当初那个不谙世事的小女孩。

“说来也奇怪，明明绘画课和钢琴课看起来都是很枯燥很累的课程，可那时的你不仅能每周按时地去上完三节绘画课，按质按量地完成作业，甚至还期待着下一次上课。”叶泽顺着叶欣欣的回忆说道。

“这你都不明白？”叶欣欣佯装诧异道，“你看我从小就五音不全，明显就不是学音乐的料。但是一看漫画，我就能大半天都安安静静地待在家里，正所谓兴趣是最好的老师，我感兴趣的东西当然就愿意去学呀。”

“我看不仅仅是感兴趣，你简直是魔怔了。我记得有次过了下课的点很久，我都没见你回来。我给老师打电话，老师说早就下课了，她和学生们都已经走了。我沿着家里去画室的街道一路找过去，结果发现你在画室里抱着画纸晕过去了。”

“啊？还发生过这种事？”叶欣欣的眼神里透着一丝疑惑。

“想起这件事，我就觉得后怕。当时画室的工作人员以为没人了，于是把门都锁了，要不是我不死心，你还不知道要被关多久才能被人发现。”时至今日，叶泽还是对这件事心有余悸。

“啊，我记起来了。那天我好像是因为中午跟你发脾气了没有吃饭，下午才会低血糖晕倒的。”叶欣欣这才恍然，接着一脸骄傲道，“不过没关系，我每次有事你不是都会出现吗？”

“你呀，年纪虽小，脾气可大了。就因为那么点小事跟我置气，还惩罚自己不吃饭，最后弄得自己进了医院，你说值不值当？”叶泽不忘教诲道。

“脾气这事不能全怪我的，毕竟我遗传了爸爸的臭脾气。”叶欣欣撇了撇嘴说，可是一想起叶父她的心情却瞬间低落了下来。

“已经十点多了，欣欣你该睡了。”似乎是“爸爸”这个词也触及到了叶泽的内心，他立刻转移话题道。

“哥哥，你会一直陪着我的对不对？”叶欣欣仰望着叶泽，眼眶已经微微发红，楚楚可怜的样子惹人心疼。

“会。”叶泽肯定地回答。

他们的父母已经离开有好几年了，于这大千世界，他和叶欣欣就像是蜉蝣一般，人情冷暖，他们都只能拥抱彼此。

叶泽握住叶欣欣的手，叶欣欣手心里有些湿，安抚道：“我们是亲兄妹，我们是这个世界最亲的人，我又怎么会丢下你。时间不早了，快睡吧。”

叶欣欣点点头，听话地闭上了眼睛。

病房的窗户没关，夜里的凉风跑进来，吹得淡蓝色的窗帘飞扬。

叶泽洗漱回来后，便发现叶欣欣似乎已经是进入了梦乡。

当他终于闲下来，想要去询问苏然的情况的时候，却发现时间已经到了晚上十一点。叶泽只好打开微信，编辑了一条信息发送出去。

而这时，白天林轩的质问又在他的耳边响起。认识林轩以来，叶泽或多或少都能感受到他对苏然不一样的态度。再加上他今天在得知苏然受伤后的表现，叶泽可以完完全全确定林轩是喜欢苏然的。

他该有危机感的，可今天，他却在苏然最需要人照顾的时候，放任自己的情敌去陪她，真是荒唐！

可是，自己真的能照顾好苏然吗？

“哥哥，欣欣只有哥哥了。”叶欣欣的声音忽然间从床上传来，左手也从被子里探了出来。

叶泽静默地观察了一小会，才明白她是在说梦话。

今晚，叶欣欣的每句话里似乎都在向他透露着一个信息。

叶泽是她最重要的人，而她，也要是叶泽最重要的人。

“哥哥……”叶泽走到床边，想要替叶欣欣整理好被子，却忽然间听到妹妹弱弱的声音从被子里传来：“哥哥，你是欣欣生命中最重要的人，不要离开我。”

听到这梦话，叶泽拿出手机撤回了刚才那条信息。

04

周六，苏然是在叽叽喳喳的鸟叫声中醒来的。她睁眼，看到有小麻雀正啄着病房的窗户，像是想要进来跟她玩。“心领神会”的苏然从床上下来，单着脚，一下一下地跳到了窗边。窗户被打开后，温暖的晨光跟随着小麻雀一起进入了苏然的病房。

站在窗边的苏然，闭着眼肆意享受着这美好的清晨，整个人的心情也跟着好了起来。只不过，她还没能享受多长时间，这片宁静便被一个男声打断。

“苏然，你怎么就起来了？还跑到窗边？”说话的人是林轩，昨天吃着吃着晚饭突然出现在她的面前。

明明答应她不要来了，却没想到几个小时后，他便出现在自己面前。一开始，苏然还以为是自己出现了幻觉。

“睡饱了就起来了呗，”苏然伸了个懒腰，接着说道，“有只可爱的小麻雀要进来玩，所以我就过来给它开窗户了。”说罢，还指了指盘旋在病房上空的小鸟。

“你的右脚不是还没拆线吗？医生说你的脚还不能用力，真是乱来。”林轩没好气地责备道，说完便把床边的轮椅推了出来。

“哎，你别这么紧张，没事的，我是单着脚跳过来的，你看我……”苏然边安抚对方，边单脚跳了起来，想要竭力证明自己并不是伤残人士。

只是苏然没想到，自己一个不注意，踩到了一个不明圆形物体，整个人随之失去了重心，朝地面倒去。

眼见苏然即将摔倒，林轩赶紧松开轮椅，转身接住了她。

“啊……”苏然一声惊呼。

“怎么了？我不是接住你了吗？”林轩不解。

“脚……”苏然龇牙咧嘴地指着自己的右脚，说道，“妈呀，疼死我了。”

视线顺着苏然的指尖移动她的脚上，原本用来包扎的白色棉纱已然渗出了些许红色的液体。“糟了，流血了。”林轩把苏然抱回床上，立马叫来了医生。

“该不会是伤疤开线了吧？！”苏然这才知道事情的严重性，吓得脸上都出了汗。

“没事的，一定没事的。”林轩安抚道。

M市。

所有的检查结果都出来了，除了四肢上的一些磕伤，叶欣欣的身体并没有什么问题。得知这一结果的叶泽，终于放下心来。医生给叶欣欣开了些涂抹的药，便通知她可以出院了。于是一整个上午，叶泽都在忙碌。先是办出院手续，然后整理叶欣欣的衣物生活用品以及送她回家。

等到吃完午饭收拾完，叶泽总算可以休息一下。想起昨晚那条发出又撤回的微信，叶泽还是忍不住鼓起勇气拨通了苏然的电话。

“嘟——嘟——”不知道为何，听着这系统音每响一下，叶泽的心跳就跟着加速一下。

“喂？哪位？”

接电话的竟然是个男声，叶泽的心咯噔了一下，问道：“请问苏然在吗？”

“苏然去洗手间了，我是林轩。”对方淡淡地回道。

“我是叶泽，”叶泽说，“苏然现在病情怎么样了？”

“我知道你是叶泽。”林轩顿了顿，接着没好气地回道，“关十苏然的一切，无可奉告。”

对方的语气显然是还在生气，叶泽只好放柔了语气，毕竟眼下是他在求助别人：“那麻烦你先不要挂机，等到苏然回来帮我把电话递给她，可以吗？”

“之前你干什么去了？苏然撞车的时候你去哪里了？苏然进医院的时候你又去哪里了？既然在苏然身处困境的时候，你没法在她身边保护她，那现在你也没必要假惺惺地来问候了。”林轩显然没有丝毫接受对方求和的意思，一字一句里都带着寒意。

“嘟……”叶泽还想说些什么，却发现林轩已经挂了电话。

而在餐厅的叶欣欣，听到了叶泽打电话的全过程。她见到叶泽神情落寞的模样，忽然出声道：“哥哥，我要午睡了，推我回房吧。”

“嗯。”听到妹妹的呼唤，叶泽应声，走了过来。

“哥哥，晚上我想出去吃，你帮我想想吃什么呗。”坐在轮椅上的叶欣欣，一脸雀跃地说道。

“好，我想想。”

察觉到叶泽真的陷入了思考里，叶欣欣在心中忍不住偷笑。

那天傍晚，叶欣欣一个人待在家里，想到林轩的朋友圈里苏然那条动态，内心便生出一根刺来。她想要拔掉那根刺，沉思了片刻之后，她拨通了叶泽的电话。

05

三天过后，苏然伤愈出院。得知她出院这天就要回M市，加恩还特意赶了过来送行。临行前，苏然收到了加恩亲手做的杯子蛋糕。

“加恩，你怎么对我这么好！”苏然莞尔称赞道。

“嘿嘿，这你就不知道了吧！我得先讨好你，这样等我去M市玩的时候就能毫无顾忌地投奔你了。”加恩眨巴着一双大眼睛，一脸狡黠地说道。

“好好好，没问题的。等你来M市，我陪吃陪玩陪睡，一定让你玩得开心过瘾。”苏然拍着胸脯答应道。

“就这么愉快地说定啦！”两个女生伸出小拇指，然后拉钩。林轩见到这一幕，脸上也露出浅浅的笑容来。

“好了，你该检票进站了。”加恩指了指火车站门口的大钟。

“我好喜欢你送我的蛋糕，谢谢你。”苏然不忘感谢道，“加恩，拜拜了。”

说罢，苏然张开双臂跟加恩来了个道别拥抱。

赶在英语竞赛开始前，苏然回到了学校。只不过距离初试剩下不到一个月的时间，苏然一回学校便立马进入了备战的状态中。每天下课后，苏然就会跑去图书馆自习室，一待就是大半天。晚上回到宿舍，洗漱完毕后，苏然还会背会儿单词听会儿听力才睡。

生活充实，时间也过得飞快。

人一旦忙碌起来，就会不知不觉地忽略很多事情，比如说她跟叶泽已经有一段日子没见面了。自从上次在H城分别后，两人一直没再联系过。一开始，苏然是不想让叶泽知道自己受伤了，所以也没给他打电话也没发微信。后来，自己忙着复习，也就没想起这件事了。

令她没想到的是，从H城回来之后，林轩来找她的次数却越来越多。他总能掐准时间出现在苏然面前，下课后叫她一起吃饭，自习时帮她买饮料坐到她身边跟着复习功课，晚上还要送她回宿舍，就连睡觉前他也还会给苏然发一条晚安信息。

苏然心里很纳闷，明明林轩除了上课还要在业余时间去叶欣欣那做兼职，哪来这么多时间来陪她的。

在苏然纳闷的同时，班级里有关她和林轩的流言多了起来。毕竟，一个男生突如其来地开始在一个女生面前献殷勤，不是喜欢她就是要害她。大家都知道林轩是苏然的青梅竹马，两人关系也看起来很不错，那么林轩应该是在追求苏然了。

对于这些猜测，苏然并没有做理会，她相信清者自清。而林轩似乎也并没有受到这些话的影响，照样频繁在苏然面前刷存在感。两个当事人没有站出来否认，于是连苏然的室友，也认定他们俩是在一起了。

苏妈妈来学校探望苏然，并让苏然叫上了林轩一起吃晚饭。为此，林轩特意在宿舍打扮了一番才出门赴约。虽说小时候的他还挺招苏爸苏妈喜欢的，但毕竟这么多年过去了，“男大十八变”，他早已不是当初那个小屁孩了。

见到林轩穿着正儿八经的西服出现在餐厅的时候，苏然忍不住“扑哧”一声笑了出来：“我说林轩，你这是准备去相亲还是去面试啊？穿得这么正式。”

“小然，有什么好笑的，真是没礼貌。”苏妈妈小声训斥道。

“苏阿姨好。”面对苏然的嘲讽，林轩并没有理会，而是保持着绅士般的微笑，跟苏妈妈问好。

“阿姨，这是一点小心意，不成敬意。”说着，林轩将手中的礼品袋递给了苏妈妈。

“轩轩，不用这么客气，快坐下。”苏妈妈回道。

“我说林轩，你这是怎么了？受刺激了？”苏然故作正经地问道，边问还边把手伸到林轩面前摇了摇。

“小然，都说你没礼貌了，怎么还这样说话？”苏妈妈脸色暗了暗，严肃道。

“不是，妈妈，今天的林轩很不对劲，”像是突然联想到了什么，苏然作惊恐状道，“该不会今天来的是假林轩吧？”说完，苏然还想伸手去捏捏他的脸以验证真假，却被苏妈妈打掉。

“别胡闹！”苏妈妈厉声道，随后转头朝着林轩露出了笑脸，她说，“轩轩，咱们点菜。”

“好的，阿姨。”从苏妈妈手中接过菜单的林轩，语调轻柔，笑容灿烂。

被苏妈妈训斥的苏然不敢再不依不饶，她朝林轩撇了撇嘴，然后安静了下来。只是苏然没想到的是，在接下来的用餐时间里，林轩和苏妈妈两人上演了一场“丈母娘初见女婿”的温情戏码，看得她整个人一愣一愣的。

“轩轩，你父母最近可好？”苏妈妈发问。

“挺好的，多谢您关心。”林轩答。

“轩轩，你现在学的是什么专业？”苏妈妈发问。

“阿姨，我学的是金融管理。”林轩答。

“金融管理，有开始做职业规划了吗？”苏妈妈问。

“有的，我计划先考研，读研究生的同时会去金晟公司实习，顺利的话毕业后便可以直接进入金晟。”林轩一脸自信地答道。

“金晟？是财经新闻里经常出现的那个‘金晟金融控股集团’？”苏妈妈的脸上露出一丝惊诧的表情。

“是的，阿姨。”林轩确认道。

“我就说轩轩有出息，小然，你快听听，金晟金融控股集团，那可是咱们市数一数二的金融公司，听说那儿的员工都是万里挑一的人才！”苏妈妈的眼眸里透出一抹亮光，得意的模样仿佛是自家儿子是那万里挑一的人才。

然而，事实上，苏妈妈非但没有儿子，唯一的女儿也不是万里挑一的人才。

苏然表示自己很看不惯这种拿“别人家的孩子”来怼自家孩子的行为，于是回呛道：“是是是，林轩是有出息，不过他这不是连研究生都还没开始考，你怎么就知道他能进金晟了？”

“你这孩子，怎么说话的？你要是能有轩轩一半懂事我就谢天谢地了。”这头训完苏然，转头，苏妈妈又弯起了唇角，对林轩说道，“小然虽然孩子气了点，但这正是她可贵的地方，单纯不做作。以后，可能需要轩轩你多多担待、多多包容了。”

“嗯。”听到苏妈妈这像是把某人给托付的话语，林轩竟红了脸。

“妈！你在说什么呢？”苏然再也按捺不住了，强行结束了这两人莫名其妙的对话。她推了推苏妈妈，说道，“妈你，妆花了，快去洗手间补妆，不然要吓到人了。”

“啊？真的吗？”苏妈妈却以为自家女儿觉得她碍着两个小年轻“二人世界”了，于是干脆编了个理由先行离开。她拿出随身的镜子，照了一下随后说道，“真的花妆了，而且脱妆脱得还蛮严重的，这新买的粉饼看来不怎么好啊。”

“轩轩，不好意思啊，阿姨要先回去重新化个妆了，不然待会没法去见朋友，咱们下次再聊。”苏妈妈一本正经地说起了瞎话。

“没关系，阿姨您去办您的事就好，我待会会把苏然安全送到宿舍的，您放心吧。”林轩微笑着回答，眼神里透着一股坚定。

“嗯，那就麻烦你了。还有，谢谢你的礼物。”说罢，苏妈妈拿起包包，起身离开。

“阿姨，再见。”

“妈妈，拜拜。”

06

“我说林轩你今天是跟我妈串通好来演戏的吗？”苏妈妈刚一走，苏然便开始质问起林轩来。

“你想哪儿去了？我们这才不是演戏。”林轩否认道。

“你跟我妈刚才一唱一和，配合得那么默契，不是演戏是什么？不是演戏，你穿这么正式干什么？”苏然反驳道。

“唉，这你就不懂了吧。”说着，林轩装作一副深沉的模样，喝了一口茶。

“别给我摆谱，好好说话。”苏然朝他翻了个白眼。

“穿得正式是为了礼貌，刚才我跟苏阿姨完全是真情流露，绝无演戏一说。”林轩一字一句地解释道。

对于林轩的解释苏然并没有多相信但也不打算再纠结下去，她想到他是在叶家做兼职，照顾叶欣欣，又想到上次在H城叶泽跟她说叶欣欣摔伤了，于是开口问道：“对了，叶欣欣上次摔得严重吗？她的伤现在好了吗？”

"去医院做了全身检查，医生说没什么事，只是四肢有点磕伤。现在她身上的淤青都已经消了。"林轩没想到苏然会突然问起叶欣欣来，嬉皮笑脸地问道，"怎么？怎么突然关心起我的工作来了？"

"打住，我才不是关心你的工作。"苏然立马否认。

"是吗？"

"说起来，你也接触叶欣欣不少时间了，你对她印象怎么样？"

"怎么？原来你是对叶欣欣感兴趣？"林轩挑了挑眉毛，笑得有点奸诈。

"我只是想了解下你的工作对象以及工作情况，请认真回答。"苏然一本正经地说道。

"好的，我的工作对象叶欣欣小姐是位才华与颜值兼具的女生，就是脾气有些怪异。我的工作是在叶泽不在家的时候陪她'散步'、陪她晒太阳、按时给她服药等等。"林轩配合着回答。

"那你这钱赚得挺轻松的呀。"苏然说，"不过你说她脾气怪异，怎么怪异个法？"

"唔，之前有一次，我给叶欣欣送外卖，见她半天没起来，于是跑到她房间去叫她。我在她房间看到一张画，看纸张跟墨迹，应该挺新的。我觉得挺好看，称赞了一番，却不想叶欣欣突然变脸，让我滚，那凶狠的模样简直有点吓人。"林轩边回忆边说道。

"啊？怎么会这样？"苏然想了想，随后猜测道，"说不定人家是觉得你侵犯了她的隐私，所以才这么生气。"

"既然觉得我会侵犯了她的隐私，那她一开始就不应该允许我去她的房间。”林轩一脸无辜道。

“说得也是。不过，女生嘛，都是善变的。你要理解理解。”虽然嘴上这么说，但这件事还是让苏然对叶欣欣产生了浓厚的兴趣。

“唉，正所谓‘女人心，海底针’。”林轩感叹道。他当然明白苏然会问起自己的工作情况，完全是因为叶欣欣是叶泽的妹妹。

可既然叶泽并没有能力去保护去照顾苏然，那他为什么要将苏然拱手相让？

第九章

KEAIDESHIGUANG KEAIDENI

09

我早已把你当朋友了

或许是林轩此刻的神情太过认真，让叶欣欣一瞬间失了神，她能感觉到自己的心脏正“突突”地跳着。

01

叶欣欣出院后的一段时间里，叶泽除了上课便是待在家里。叶泽因为已经大四，课程很少，大部分的时间都用来准备毕业的事情以及毕业后的规划。最近，他在网上看到许多成功众筹的案例，于是分析了一下自己的优势以及劣势，打算尝试一下这个方法。

只是梦想很丰满，现实却很骨感。网上的创业众筹方案千千万万，想要在其中脱颖而出绝不是一件容易的事情。叶泽写了不下十个版本的方案，一一放上网，却发现始终无法吸引大家的注意。一方面他没法将自己的卖点很好地展现出来，另一方面，他也没有找到能抓住人心的关键点。

叶泽陷入了困境，他有想过找苏然一起来讨论，却发现苏然似乎比他更忙。叶泽有去找过苏然几次，每次都看到她下课后直接往图书馆走。他想要跟她打招呼，却看到林轩先他一步跟苏然走到了一起。

而等到晚上苏然从图书馆出来，林轩依然走在她身边，把她送回宿舍才离开。

他们在一起了吗？

叶泽不敢确定，只不过他近来确实有听到一些关于苏然和林轩的绯闻，但是这绯闻并没有得到两位当事人的证实。

而且，他也从来没在苏然身上发现过她喜欢林轩的迹象，所以他们应该是没在一起吧。

自从自己出院以来，叶泽已经有一段日子没见苏然了。察觉到这一点的叶欣欣，内心窃喜。她对自己“略施小计”的效果感到满意，只是这显然还不能让她完全安下心来。因为上次林轩在医院的激烈反应，再加上之前在与林轩相处过程中她发现的蛛丝马迹，叶欣欣可以完全确定他是喜欢苏然的。

她从跟林轩的闲聊中得知，苏然跟林轩是青梅竹马的关系。这样一来，她想要把林轩跟苏然撮合看来并不是一件难事。

等到林轩来她家做兼职的时候，叶欣欣一反常态，不再冷冰冰地对他，而是表现得跟朋友一样热情。

第一次受到叶欣欣温和亲切的接待时，林轩完全是摸不着头脑的。从他进入叶家的那一刻开始，叶欣欣的脸上就堆满了笑容。对于他的工作，她也是非常的配合。林轩一度怀疑自己是不是走错了地方，然而再三确认之后他发现并没有。

等到工作完成，叶欣欣竟然拉住他的手要他陪她看会儿星星。两人来到阳台上，叶欣欣忽然跟他谈起了心事。

“林轩，你有过初恋吗？”坐在轮椅上的叶欣欣问，脸颊上染着一抹绯红。

“没，”林轩摇了摇头，回答道，“母胎单身一个。”

“这样啊，不过没关系的。”叶欣欣说着，随后朝四周看了一圈，确定哥哥不在附近之后，她朝林轩眨了眨眼，小声地说，“告诉你一个秘密，我初一的时候就有初恋了。”

“啊？这么早？”林轩惊道。

“嘘……”叶欣欣把手指放在唇上，示意对方小声点。

“他是我们班体育委员，尽管不是学霸型的男生，但性格好、爱运动，在学校里还是挺有人气的，”像是回忆起了男生的模样，叶欣欣弯着眼，笑着补充道，“当然长得也很不错啦。”

“那时，我跟他是前后桌，他要去打球的时候，总会拜托我放学后帮他收拾好书包带去球场，他会带我去吃雪糕。这样一来一往，我们就慢慢熟悉起来了。后来……”

此时，轮椅上的女生沐浴在清凉的夜风中，精致的鹅蛋脸上染着些许星光，她叙述往事的模样认真又可爱。

说到有意思的地方时，她弯起眼睛笑，似是桃花盛开。

直至今夜，林轩才知道，原来那个个性乖张的叶欣欣也有如此美好的一面。明明她也是一个会因为喜欢的人请自己吃了一支雪糕就开心得要飞起来的少女。

他看着眼前的少女，忽然间就入了神。

02

“好了，我的故事说完了，该你了，林轩。”叶欣欣从回忆里抽出身来，她看着林轩说道。

林轩有点懵，一副不明白的表情，问道：“要我说什么？”

“当然是说你的感情史。”叶欣欣回答。

“我哪有什么感情史？”林轩摇摇头，继续说，“刚才我不是跟你说了我是母胎单身吗？”

“那……没有谈过恋爱，你总有过喜欢的女生吧？”叶欣欣撇了撇嘴，无奈地问道。

“这个……”

一瞬间，叶欣欣看到林轩的脸涨得通红。她没想到，原来林轩是个如此纯情的男生，她忍不住想逗逗他。

“你该不会是喜欢男的吧？”

“胡说！”听到对方误会自己的性取向，林轩的耳根子都红了。

“别激动，这只是我的猜测，猜测而已。”叶欣欣觉得此刻自己面前的男生又可爱又好笑，她接着问道，“那到底是有还是没有？”

面对叶欣欣的不依不饶，林轩只好投降，小声回答：“有。”

“是苏然吧？”见到对方松口，叶欣欣立即追问道。

“嗯。”林轩应声，下一秒才意识到自己喜欢苏然这件事竟然连叶欣欣都知道了。“慢着，你怎么知道的？”

“就你这破演技，谁都看得出来你喜欢苏然。”叶欣欣一副我又不是瞎子的表情。

“好吧。”林轩无奈，只好承认。

“加油，我看好你。”叶欣欣开口鼓励道。

林轩却对这突如其来的鼓励有点发蒙，叶欣欣今天这是怎么了？不仅人变热情了，还开始尝试做他的心理辅导。

“好的，谢谢。”林轩礼貌地道谢，紧接着问道，“不过你能不能告诉我，你今天是不是遇到什么刺激的事了？”

“没有哦，你想太多了。”叶欣欣否认自己的不寻常，并转移话题道，“时间不早了，你快点回家吧，不然没车了。”

没有得到自己想要的答案，林轩也只能先作罢，他点点头，回道：“嗯，那我先走了。需要我把你推回卧室吗？”

“不用了，我还想再在阳台上坐一会儿。”叶欣欣说。

“那好。”说罢，林轩回到客厅收拾了一下自己的东西，然后开了门走出去。

“对了，如果追求女生的时候需要帮忙，可以找我。”叶欣欣从阳台上探出小脑袋来，笑得一脸灿烂，“毕竟女生更了解女生。”

“嗯，拜拜。”林轩微笑着跟她告别，而后关上了门。

“如果追求女生的时候需要帮忙，可以找我。”

走出叶家很远后，这句话还在林轩的脑海里盘旋，他不明白，怎么叶欣欣就毫无征兆地转性了？

03

日子过得飞快。

尽管苏然没有刻意去澄清两人的关系，也没有排斥林轩以增加存在感的方式靠近她，但林轩花了这么多时间，觉得自己跟苏然的心理距离并没有拉近。

想到之前叶欣欣的话，林轩抱着试一试的心态跟她讨教。叶欣欣遵守诺言，传授了不少博取女生好感的方法给他。或许是叶欣欣突然间转了性，再加上苏然经常会问起有关她的事，让他不得不去多关注她，一来二去，林轩竟感觉他俩的关系亲近了不少。

为了感谢叶欣欣的指导，林轩在给苏然买礼物的同时，也为叶欣欣挑选了一份礼物。

周六，林轩在完成了兼职工作后，把礼物送给了叶欣欣。

“喏，送给你的。”林轩说。

“什么？”叶欣欣接过对方手中的首饰盒，有点不明所以，问道，“送给我？”

“嗯。”林轩应声道，“你打开看看，看喜不喜欢？”

“我生日还有很久，慢着，无事献殷勤非奸即盗！”叶欣欣显得小心翼翼，她问，“快说，你究竟有什么企图？”

叶欣欣嘴上这么说，但还是顺着对方的心意打开了礼盒。

一对镶嵌着粉色水晶的耳环静静地躺在礼盒中。

“好可爱啊，没想到你的眼光还是挺不错的。”叶欣欣的眼里有了笑意，她眨眨眼，打趣道，“我说，林轩你该不会是想追我吧？”

林轩白了她一眼，否认道：“想太多。”

“那就好，不然我的努力就白费了……”叶欣欣接话道，话说到一半，她像是忽然间想到了什么，立马噤了声。

以为叶欣欣是在担心指导自己追苏然的努力白费了，林轩颇有自信地说道：“你的努力自然不会白费。我这是在感谢你的帮助，事成后，还有媒人红包的。”

了解到林轩的真正用意，叶欣欣心安理得地接受了礼物，边说：“这对耳环我很喜欢，谢啦。”

“不客气，你喜欢就好。”林轩礼貌回应，说着他看了看时间，然后对叶欣欣说道，“到点了，我该走了。”

“嗯。今晚的计划，你要加油哦！”叶欣欣扬了扬唇角，鼓励道。

林轩点点头，说：“等我好消息。”

林轩离开后，叶欣欣迫不及待地拿着耳环来到了梳妆台前。她把自己脸颊旁的头发拨到耳后，戴上了这副可爱的耳环。她静静地端详着镜中的自己，清晰地听到自己的少女心从胸腔里发出了强劲有力的声响，她忽地就脸红了。

今天她这是怎么了？

从听到林轩说礼物是送给自己的时候，她的脉搏就开始加速起来。

自从遭遇意外之后，叶欣欣便不再与除了哥哥之外的人有多的接触。她的生活就如同一摊平静的死水，经常见到的人除了自家哥哥便是医生。她躲在家里自学，以前关系好的同学或朋友大多都考到了外省，已经不怎么联系。

叶欣欣都忘了自己有多长时间没收到过这样的惊喜了，刚才在调侃林轩是不是想追她的时候，她的内心竟然还生出一丝期待来。

而此刻，她的全身上下明明洋溢着一股莫名的欢喜感，连眼神也柔和了几分。这种感觉似曾相识，像是初次跟初恋接触的自己。

不对，她不应该有这样的情绪的。

“一定是我想多了。”叶欣欣对着镜子里的自己说道，说完便把耳环取了下来放进了抽屉里。

04

得知苏然在英语竞赛中取得了好成绩的第一时间，林轩就想着要帮她庆祝一下。经过“恋爱导师”叶欣欣的提点，林轩将庆祝地点选在一家市里口碑颇佳的西餐厅，并且他还为苏然准备了一个惊喜。

晚上7点，以为只是去平平常常吃顿饭的苏然穿着简单的灰色长袖T恤和牛仔裤出现在了“蔓蔓时光”西餐厅里。按照林轩给她的信息，苏然在服务员的指引下，来到了预订好的包间。

只是当她打开门，看到包间里的模样时，不禁怀疑林轩是不是给她报错了包间号码。包间的墙壁上粘着淡紫色的气球，餐桌的中央摆放着用绸带打了蝴蝶结的香槟以及一捧娇艳欲滴的粉玫瑰，就连餐椅也用淡紫色的绸带装饰了起来。除此之外，空气中还飘着若有似无的香薰味和舒缓的轻音乐，整个房间里无处不散发着一股浪漫的氛围。

“我是不是走错房间了？”苏然愣在门口自言自语，然后转身准备离开。

“苏然，”身后忽然传来林轩的声音，“你没走错，就是这里。”他因为紧张，刚去上了个洗手间。

苏然停下脚步，一脸茫然地问道：“这真是你预订的包间？”

“嗯，2108。”林轩确认道，“咱们进去吧。”

一开始当苏然得知林轩订的是个包间的时候就有点纳闷，明明他们才两个人。而此时当她看到明显打扮过一番的林轩以及装饰得如此精致的包间，苏然才恍然明白，这是一场“鸿门宴”啊。

“还站在门口干什么？你不饿吗？”林轩对还在门口发愣的苏然说道，看她的眼神里满是笑意。

“还……还好，门口暖和一点。”苏然结结巴巴地答道，心里乱成了一坨麻。

怎么办?

现在真是进去也不是，走也不是。

“包间里冷吗？”林轩说着，马上走到窗边去调整空调的温度。

而无所适从的苏然，视线正四处乱晃，忽然在过往的人群中看到了一个熟悉的身影。

“叶泽！”她兴奋地唤道。确定是他的那一刻，苏然仿佛是看到了救星。

“苏然！”看到苏然的那一刻，叶泽的内心是说不出来的惊喜，于是他朝她快步走过去。

“你一个人来这里吃饭吗？”看到对方的身边没有其他人，苏然问道，眼神里透着期待。

“嗯。”叶泽点头，问，“你一个人还是？”

“那正好，我考完了英语竞赛，朋友给我庆祝，你跟我们一起吧。”也不等对方是否愿意，苏然拉着叶泽进了包间。

三个人在餐桌前坐下，一时间气氛有些尴尬。

林轩之所以这么大费周章地准备这次晚餐，表面上说是为苏然庆祝，实际上他是想借此机会跟她告白。他没想到，晚餐还没开始，就杀出了叶泽这个“程咬金”来。他很想将他赶出去，可这是苏然拉过来的人，他没办法这么做，只能隐忍着剜了他一眼。

当看到为苏然庆祝的人只有林轩的时候，叶泽还有些诧异，而当他走到包间里看到林轩为这顿晚餐所做的准备时，立马就明白了他的真正用意。

在不小心听到叶欣欣打电话说起“蔓蔓时光”西餐厅时，叶泽还以为自家妹妹终于走出了阴影，有了新的约会。他很为她高兴，也很好奇，好奇这位带叶欣欣走出阴影的人是谁。他在房间里等到6点半，却仍不见叶欣欣出门。他以为她在等自己先出门，这样才能神不知鬼不觉的去约会。于是他独自来到了“蔓蔓时光”，找了半天没看到叶欣欣，却见到了苏然。

还好，他今晚来了。

接收到对方带有敌意的眼神，叶泽没有恼火，反而是回给林轩一个自信的微笑。

“我饿了，咱们快点来点菜吧。”看到两个男生之间的气氛火药味十足，苏然连忙将菜单递了过去。她在心中小声祈祷，叶泽千万不要怪她，她也是一时没办法才把他拉过来给她解围的。

“然然，你点吧，我跟你一样就好。”林轩把菜单又推了过去，说话的声音温柔得简直可以掐出水来。

“嗯，今晚你是主角，我也跟你一样。”叶泽也跟着附和道，唇角带着笑意。

这两人现在是怎么回事？一个声音温柔得简直要把她的心融化掉，一个含情脉脉地对她放电。

苏然忍不住打了个激灵，她呆呆地点了点头，回答：“好”。

苏然埋下头，装作专心致志地点菜，实则趁他们不注意的时候用眼角的余光观察他们。

点完菜后，包间里又陷入了一阵沉默。

苏然被这样的气氛弄得有些不自在，想要主动挑起话题。她瞟了一眼林轩，却发现最近他一直黏着自己，好像也没什么可问的。她又看了看叶泽，她和他很长时间没联系过了，她也不知道他最近在忙什么。

“叶泽，叶欣欣上次的伤好了吗？”苏然开口道。

“嗯，已经痊愈了。”叶泽答道，“谢谢关心。”

“那就好。”苏然说。

“你呢？听林轩说你在H城的时候撞伤了，你的伤怎么样了？”叶泽问，眼神里露出了关切的意味。

“谢谢关心，然然的伤早就好了。”林轩先是毫不在意地看了叶泽一眼，而后笑着看向苏然，抢在她开口前回答了他的问题。

苏然朝林轩白了一眼，她在嫌弃他抢了自己的对白。

“对了，之前我忙着英语竞赛的事情，都没有去收集开店的资料，你那边有什么新进展吗？”苏然接着问道。

“不知道算不算新进展？我最近在做众筹的事，觉得这个可能是风险最小的一种筹集资金的方式了。”叶泽说着，忽然间眼前一亮，接着问，“说起这个，我刚好想找你帮忙，不知道你有没有时间？”

听到叶泽需要自己的帮忙，苏然的情绪也一下高涨起来，她兴致勃勃地说：“当然有。快说说，具体是什么？”

“是这样的，我写了好几份众筹方案，放到网上去后每份的关注度和评价好像都差不多，缺少能抓人眼球的元素。我自己还没想出解决方法来，想找你一起讨论。”叶泽解释道。

“你手机里有没有方案？先把方案给我看看，说不定我能找出突破口来。”苏然跃跃欲试道。

“应该有的，我找找看。”叶泽连忙拿出了手机，寻找起来。

而接下的时间里，苏然同叶泽边吃边讨论，两个人聊得不亦乐乎。

被晾在一边的林轩一个人默默吃着牛排，他拿着刀叉在盘子上用力地划出声音，试图引起他们的注意，苏然和叶泽却只是看了一眼，便继续聊。

原本应该是个浪漫的告白夜，却没想到不仅精心布置的浪漫氛围被破坏，打好腹稿的情话也一句都没能说出口。

林轩面对着谈笑风生的两个人毫无胃口，他随意吃了几口，便找了个借口先走。看着脸色苍白的林轩，苏然还以为是他生病了，于是也没多问。

05

隔天，从林轩进入叶家开始，叶欣欣便明显地感受到了他身上散发出来的负能量。她猜测是苏然拒绝了林轩的告白，却听到林轩说他压根连告白的话都没来得及说就被叶泽打断了。

一方面，在听到自家哥哥又跟苏然见面了的时候，怒意一下就冒上了叶欣欣的心头。可另一方面，得知林轩没有跟苏然告白，叶欣欣竟然有些松了一口气。她不知自己这是怎么了，一时之间竟会生出如此多的情绪来。

“没关系，以后还有机会的。”

叶欣欣听到自己出声安慰林轩。

“嗯，希望下次你哥不要再突然杀出来了。”林轩皱着眉眼哑着嗓子说，看起来情绪依旧低落的模样。

看到这副模样的林轩，叶欣欣的心里生出一股莫名的情绪。她推着轮椅来到厨房，从储物柜里拿出一罐咖啡豆来。

“你这是要煮咖啡？”林轩的眼神里透着一丝疑惑。毕竟他照顾她这么长时间来，好像从未见过她进厨房。

“没错。”叶欣欣扬起唇角，笑着答道。

“我来帮你吧。”林轩赶忙上前帮忙，问道，“咖啡机要不要先清洗一下？”

“欸，慢着慢着。”叶欣欣却拦住了他，说道，“你去客厅看会儿电视吧，今天试下我的手艺。”

“你确定你应付得来？”林轩打量了一下坐在轮椅上的叶欣欣，显得有些担心。

“叫你去看电视就去啦，别妨碍我。”竟然质疑她，叶欣欣佯装嗔怒道。

“好吧。那我先出去了，有需要叫我。”林轩无奈应道。

“好了，别婆婆妈妈了。快走快走。”说罢，叶欣欣还推了推他。

是有多长时间没亲手煮过咖啡了呢？

她记得之前自己心情不好的时候，哥哥便会给她煮咖啡。当带着温度的咖啡色液体流入胃里的时候，整个人都会跟着温暖起来。今天，她想试试，自己煮的咖啡是不是也有这样的功效。只是她没想到的是，会让她有这种尝试的人竟然会是林轩。

叶欣欣被自己的反常举动给吓了一跳。

十分钟后，坐在客厅看电视的林轩闻到了一股浓郁的咖啡香味。他迫不及待地来到厨房，见到叶欣欣正专注地看着沸腾的液体。

“好香啊……”林轩感叹道，“可以喝了吗？”

“差不多了，我先关火。”说罢，叶欣欣关掉按钮。

林轩站在一旁，看着叶欣欣娴熟地完成了取咖啡、倒牛奶、加方糖这一全过程，心想她也并非是十指不沾阳春水的女生。

“给，你的。”叶欣欣递了一杯咖啡给面前的男生，内心有着小小的期待。

“谢谢。”林轩接过，马上就抿了一口，“好喝！”

见到男生脸上露出一副陶醉的表情，叶欣欣的心中像是吃了颗蜜糖，甜滋滋的。

“为何我以前从未发现咖啡有这么好喝？”林轩自言自语道。

“因为不是我煮的啊！”叶欣欣一下将自己的心里话脱口而出。说完，她的脸一下子就红了起来。

而迟钝的林轩并未察觉到这一句话有什么不妥，他边喝咖啡边问："你哥哥想开咖啡店是不是因为你啊？"

"一开始是因为我吧。"提到开咖啡店，叶欣欣脑海中忽然浮现了苏然的身影。一开始是因为她喜欢闻咖啡豆的香味，叶泽便说要开一家咖啡店，之后的日子里也一直为这个梦想努力着。

可是现在，因为有苏然的出现，她也不能确定了。

"真幸福，有个这么疼爱你的哥哥。"林轩感叹道。尽管叶泽是他的情敌，可他对妹妹的付出，他也不得不钦佩。

叶欣欣并没有立马接话，彼此沉默了那么一小会儿，她才出声道。

"因为我只有哥哥，"叶欣欣说话的声音里忽然间有了哭腔，她说，"除了哥哥，我一无所有。"

想起叶欣欣的家世，林轩一时间不禁感到心疼。

他放下咖啡杯，蹲下身来，将自己的视线放到与叶欣欣视线的同一高度。

他看着她，一字一句地说道："你可以把我当朋友的。"

或许是林轩此刻的神情太过认真，让叶欣欣一瞬间失了神，她能感觉到自己的心脏正突突地跳着。

"你不是一无所有，我早已经把你当我的朋友了。"林轩的眼神里透着一股坚定，让人无法去怀疑他所说的话。

叶欣欣感觉自己的心中有什么被融化了一般，她的大脑仿佛在这一刻失去了组织语言的能力。

过了半晌，她才听到自己的声音说："好。"

06

苏然出门的时候，天空下起了小雨，灰蒙蒙的，一阵风刮过，她不由得缩了一下脖子。

M市的气温越来越低了，苏然的心却暖暖的。因为上次在西餐厅的重逢，她跟叶泽的往来又恢复到了之前的状态。

上学日，他们会在闲暇时间通过手机来分享各自最近的收获；休息日，叶泽则会约苏然到咖啡店讨论新方案，一坐就是半天。

今天是周末，苏然照旧来到了咖啡店，她站在门口朝窗边望去，果然，叶泽已经在那儿等她了。见苏然过来，叶泽走到柜台前帮她点了焦糖玛奇朵和巧克力松饼，然后才回到座位上。

"叶泽，你这样是不行的……"刚刚落座的苏然一开口便数落起了叶泽。

叶泽一脸茫然，问道："我怎么了？"

"打扰一下，这是先生您点的焦糖玛奇朵和巧克力松饼。"这时，服务员将叶泽点的咖啡和点心送了上来。"请两位慢用。"

"喏，就是这个。"苏然指了指面前的食物，撇了撇嘴说道，"你每次都请我喝咖啡吃点心的，什么时候才能把开店的资金凑齐啊？"

叶泽勾起嘴角笑，他说："这你就不用操心，有了你的创意，我相信我们的方案一定能吸引到大家的注意，可能要不了多久，我就是叶老板了。”

“这些就先当我犒劳你的，毕竟你贡献了不少脑细胞。等到真开店了，分红可少不了你的。”

看到叶泽自信满满的模样，苏然点点头，笑着附和道：“好的，叶老板。”

“对了，我打算明天去网上发布新的众筹方案，你再帮我过一遍，看看有没有什么遗漏的。”边说，叶泽边把手中的文件递给了苏然。

“好。”苏然接过方案，认认真真地看了起来。

苏然垂着头，眼神专注地在密密麻麻的文字中浏览，额前的刘海散落下来也顾不得去管。

叶泽想要伸手去替她挽起那抹碎发，却又怕自己的举动会破坏这样美好的时刻。他看着她时而皱眉，时而浅笑，表情丰富得像是在看一场话剧。

他等待着她的评价，竟等得内心有一丝焦急。

“看完了，”苏然边说，边把方案递回叶泽，“这个地方，我觉得还可以再补充一下。”她指了指其中的一条。

“我觉得我们要把所有可能发生的情况都要考虑进去，提前想好解决方法，这样到时候就能从容地应对。”

叶泽闻言，连忙看了看苏然手指所指的那条，细细阅读之后，果然还是缺点东西。

“还好你发现了。”说完，叶泽从背包里拿出笔来，他在那一处画了个圈圈，并在一旁写下一行字。

看着一笔一画写得极为认真的叶泽，好看的侧脸没在光影里，苏然一时间有些挪不开眼。

要是能天天都看到这张脸就好了。

苏然心想，自己是什么时候变得花痴起来了？

“好了，这样就完美了。”

叶泽心满意足地抬起头来，却刚好撞见苏然正一动不动地盯着他看。她单手捧着脸，一副享受的表情。

“有这么好看吗？”叶泽的嘴角不自觉地浮上了笑容，说着还伸出手掌在苏然面前晃了晃。

“好……”苏然下意识地要回答“好看”，却意识到当事人就在眼前，于是赶紧改了口，“欸，你改好了吗？”

“嗯，OK了。”叶泽说，“详细的部分我回去后补充到电子档上就行了。”

“对了，方案是不是打算明天发布啊？”苏然问。

“是的。所以我今天要早点回去，先把文件都上传好。”说罢，叶泽看了看时间，似乎该走了。

苏然略显兴奋地点了点头，她说：“你赶时间的话，先回去吧。我也要走了，晚上约了爸妈。”

“嗯，替我向你爸妈问好。”说罢，叶泽便收拾好东西站起身来。

“好，”苏然也跟着站起来，末了还不忘说一声“明天加油！”，脸上露出了鼓舞的微笑。

07

重新发布新方案的第一天，不到半天时间，叶泽便收到了破百人次的喜欢和支持。与此同时，在家也正在关注着的苏然，在评论区发现了十几条不明人士的抹黑造谣帖子，因为这些帖子，评论区立马热闹起来，不少才支持完方案的粉丝们开始发出质疑来。

她截图给了线上的叶泽，对此，叶泽表示很淡定。

因为他早就做好了应急方案，叶泽把可以澄清误会的材料一一传到网上，谣言不攻自破，一个下午的时间便解决了信任危机。

接下来的一个月里，两个人每天都会抽出时间来一起讨论如何增加项目的曝光度，偶尔苏然会出现在叶泽家。而面对苏然，叶欣欣的心情变得复杂起来。

一方面，得知哥哥的项目支持者越来越多，叶欣欣是打心底替他高兴的，毕竟支持者一直呈增长的趋势就代表着哥哥距离梦想的实现越来越近。

可另一方面目睹着哥哥跟苏然的关系日渐亲近，叶欣欣心中的怒意也越来越深。

很快，叶泽的项目成功筹到了预期的金额，苏然找到了先前出租店铺的老板，叶泽把店铺签了下来。

两人找了不少设计师，想要把店铺装修成自己梦想中的咖啡店。好不容易定下装修方案，叶泽马不停蹄地找来装修师傅开工。因为临近期末，苏然和叶泽都要准备考试，偶尔叶欣欣会过来帮哥哥监工。

这天，苏然跟叶泽难得地都在店里。装修师傅刚好有个关于灯具的问题要问老板，于是叶泽一出现他便凑了过去。

“叶先生，您单子上写的这款灯具我们这儿卖光了，而且我问了M市的装修市场，这一款都断货了。您看，是用其他款代替还是等补货？”装修师傅问道。

叶泽看了看，露出了些许为难的神情。

“当然不能换其他款，换了整个风格就不一致了。”苏然听到装修师傅的话，也跟了过来。

“如果等补货的话，暂时还不知道要等多长时间。这款灯具的产家目前只有一个，现在整个M市市面上都缺货，我怕会耽误工期。”装修师傅说道。

“不能耽误工期，不然开张时间也要跟着推迟。”叶泽原计划是在放假前完成店铺的装修，刚好趁寒假散散味，等到开学的时候正式开张。可苏然说得也对，如果换一个款式的话，那灯具跟整个店的风格就不搭了。

“不然我们再上网找找，看看其他城市有没有货？”叶泽说着，拿出了自己的手机。

“那我先去装洗手间的镜子，这边等你们商量好了再动工。为了不耽误工期，最好今天就能给我答复。”装修师傅说完，便去忙了。

“唔，幸好我带了充电器出来，我也来找找吧。”苏然从包包里拿出充电器和手机，说道。

只是让他们没想到的是，两个人在网上搜索了一两个小时，眼睛都看花了，也没能找到同款的灯具。

看到苏然不停地揉眼睛，叶泽连忙出声道：“你先别看了，休息一会儿吧。”

“你搜到了吗？”苏然显然更担心装修的事，她抬头问道。

“没有。”叶泽摇了摇头，接着试探地问苏然，“不然我们找找看有没有类似的款吧？”

“不行！”对于叶泽的提议，苏然立马否决道。

“如果为了这款灯具，而延误咖啡店开张的时间，那可能会得不偿失。”毕竟店铺在这每一天都是有开销的，而拿来开店的钱还是找粉丝筹的，他还想着早点开业早点回馈支持者。

“虽说这个可能性是有的，但还有一种可能性是，我们用其他或者山寨款来代替，到时候装修出来破坏了整体的美感，从而影响到我们的顾客来喝咖啡时的心情。那岂不也是得不偿失？”苏然反驳道。

显然，叶泽一开始并没有想到苏然竟会如此的坚持己见。可他必须要考虑到工期对咖啡店营业的影响，毕竟众筹的人是他，这家店的老板也是他。

“叶先生，灯具的事考虑好了吗？”装完镜子的装修师傅重新回到了两人的面前。

“嗯。”叶泽点点头，然后用不容置疑的语气说道，“工期不能拖，用其他款吧，待会我们跟你一起去装修市场。”

听到叶泽最终选择了换款式，苏然的心中有种前所未有的挫败感，她冷着脸说道：“既然这样，我就先回去了。”说完，她便拿起包包起身离开。

第十章

KEAIDESHIGUANG
KEAIDENI

10

我不会让你一个人

温柔的声音从头顶上方传来，林轩的话像是有着治愈心灵的效果，让叶欣欣原本千疮百孔的心忽然有了新的生机。

01

M市下起了今年的第一场雪，棉花糖般轻盈的雪花漫天飞舞，苏然打开窗户，迎面而来的是清冷的空气。

这样冷的天气，不知道会不会影响到咖啡店的装修？

“阿嚏……”苏然被冷空气刺激得打了个喷嚏，被厨房里的苏妈妈听到，“小然，快穿上外套，不然会感冒。”

“好。”苏然关掉窗户，尽管已经穿得足够厚实了，苏妈妈还是觉得自己女儿穿少了。

“你今天不用去学校吗？”苏妈妈端着面条来到餐厅。

“这周是考试周，已经不用上课啦。”苏然回答道，眼睛已经瞄到了苏妈妈的手上的面条。她舔了舔嘴巴，说，“妈妈，快把面给我，饿死我了。”

“你啊，就吃饭积极。吃完面快点回房间复习功课去。”苏妈妈睨她一眼，把手中的汤面递给了苏然。

“不不不，我上午还得出去一趟，下午再回来复习。”苏然边吃面边说道，“妈妈，你放心好了，明天考英语，这可是我最拿手的一科，你就不用担心啦。”

“你还好意思说，你这么大年纪了，本来就不应该让我操心了。”苏妈妈嫌弃道，“我在你这么大的时候已经独立生活了。”

“您这就是不了解我了。我这不是还想趁着现在有时间多陪陪您吗？您看，等我真出去工作了，那您就难得见我一面了。”苏然脸上堆满甜甜的笑容，极力卖乖。

“是是是，不跟你贫嘴了，我得去洗菜了。”苏妈妈念叨着往厨房走，“也不知道你这狗腿子的一面是跟谁学的？！”

“还不是跟……”苏然识趣地闭了嘴。

吃完面，换好大衣后，苏然把自己裹得严严实实出了门。尽管对于昨天叶泽的态度，苏然还有些生气，但回来后她认认真真地思考了一下，想到叶泽身上所承担的压力，她觉得自己还是需要理解他一下。

坐地铁到学校附近的站下车，下车后再步行十分钟，苏然到了咖啡店。只是当她打开店铺的门，就被眼前的景象给吓到了。

咖啡店的地面上大约有十厘米深的积水，用来装修的材料全部被浸泡在水中，一些没来得及打扫的碎屑飘得到处都是……

她脱了鞋子，赤着脚踏进去，赶紧找到自来水的总阀门将它关闭。

望着这满地狼藉，苏然没有半点思绪，她立马拨通了叶泽的电话。

“喂，你在哪儿？”

“还在家呢，怎么了？”叶泽问。

“你快点过来店里，出事了，整个店铺都被淹了。”苏然急匆匆地说道。

“什么？怎么会这样？”叶泽一听，立马意识到事情的严重性。他边穿大衣，边说道，“我马上过来。”

“嗯。”苏然应道，挂了电话。这下雪的天气，室内的水温也接近零度，刺骨的寒意从她的脚尖传来。一时半会，她也没办法在店里找到一条干毛巾，只好拿出随身携带的纸巾来擦拭。

等到叶泽到咖啡店的时候，看到就是苏然站在门口，一张小脸冻得通红。他赶紧地脱下自己的大衣，披到了她身上。

“你冻成这样，怎么不先回家？”叶泽的语气带着一丝责备，眼神里却透着心疼。

“我想等你过来，看看有有什么我可以帮忙的。”苏然打着哆嗦，说话都有点不利索了。

叶泽扫视了店内一眼，脸色沉了下来，眉心也跟着皱紧。他开口道：“淹成这副模样，也没什么能做的，只能找专门的工作人员过来清理了。”

“浸泡在水里的那些材料不知道还能不能用？”苏然问。

叶泽轻叹一声：“如果是晴天可能还可以挽救一下，但这几天好像都会下雪，估计晾也晾不干。我得再买一批新的材料了。”

说罢，他从口袋里拿出手机，找到清理人员的电话拨了过去。再买一批新的材料，等于说又得支出这么多费用。苏然知道叶泽众筹来的资金已经花得七七八八了，如果能找到肇事者，说不定可以拿到赔偿。

等到电话打完，苏然把心中的猜测说给了叶泽：“你说，会不会是装修师傅昨晚忘记关水龙头才把店里搞成这样？”

叶泽想了一下，否认道：“不对，装修师傅昨晚跟我一起走的。我们走的时候，水龙头都是关着的。”

“那就说不通了，明明昨晚我走的时候也没有听到水流声。”苏然很是诧异，咖啡店的钥匙明明只有她、叶泽和装修师傅有。也不存在说进来小偷的可能，毕竟整间店里都没有失窃的痕迹。

“你昨天不是比我们还早离开吗？怎么你晚上又回来过？”想到昨天苏然气冲冲地离开，而现在好像一点事也没有了。叶泽在想，她难道已经消了气了？

“昨天下午我走得太急，充电器从包包里掉出来都没发觉，等到晚上在家想要充电的时候才发现它不在。所以，我晚上又过来了一趟。”苏然解释道，“要是我走之前，记得检查一遍水、电的开关就好了。”

02

“没想到我们还没来得及装监控器，店里就出事了。”

两人的对话被突然出现的声音打断，苏然和叶泽一同朝门口看去，竟然是叶欣欣。

“欣欣，你怎么来了？”叶泽看到叶欣欣推着轮椅出现在店门口，连忙走了过去。

“我听到你说咖啡店出事了，就想着过来看看。”叶欣欣回答道，“不过你走得太快了，我只好一个人打车过来。”

“这么冷的天，你不需要过来的。”叶泽蹙眉道，“要是着凉了就不好了。”

“哥哥，你不用担心，我穿得足够厚实的，倒是你，怎么连大衣都没穿就出来了？”叶欣欣刚纳闷，转头看到那件属于叶泽的呢子大衣正套在苏然的身上，她的脸色一下沉了下来。

“对了，衣服还给你，我已经好多了，等下害你感冒了可不好。”接收到叶欣欣锋利的眼神，苏然这才想起来原来叶泽的大衣正披在自己的身上，她赶紧取了卜来。

“你昨天不是跟我哥吵架后，一怒之下就走了吗？”叶欣欣冷着脸，问道。

怎么回事？叶泽这是回去后跟他妹妹告状了吗？

苏然疑惑地看向叶泽，却发现对方一脸尴尬地别过脸去。

昨晚虽然找到了类似款的灯具替代，但叶泽回去后依然兴致不高。敏感的叶欣欣察觉到了，于是试探他，没想到他一个不小心透露了跟苏然吵架这件事。

“我还以为你不会再来咖啡店了呢。”叶欣欣朝她看了一眼，语气里带着一丝讽刺。

“昨天我跟叶泽只是出现了意见分歧的情况，欣欣你误会了。”苏然笑了笑，解释道，“没有你想象中那么严重。”

“哦？”叶欣欣一脸怀疑，她说，“既然没那么严重，那你为什么要害我哥？”

“什么？我害你哥？”苏然愕然，这都是什么跟什么啊？

“没错，要不是昨天我哥跟你吵架，咖啡店就不会被淹。”叶欣欣恶狠狠地瞪了苏然一眼，口气冷硬地指责道。

“欣欣，你真的是误会了，苏然怎么可能做这样的事？”叶泽对叶欣欣的推断并不认同。

“昨晚最后一个离开咖啡店的人是她，不是吗？”叶欣欣争辩道，“既然没有监控能够证明她是清白的，那么最有嫌疑的人就是她。”

叶欣欣转头看着苏然，继续道：“因为我哥驳回了你的意见你很生气，所以你就想着要做点什么来报复我哥。”

“昨天下午的时候我确实很生气，可是我从没有想过要去报复你哥。”苏然对于叶欣欣的无端指责很是生气，她反驳道，“再说了，淹了咖啡店对我有什么好处？”

“好处就是，你不开心，你就要让那个害你不开心的人也不开心。”叶欣欣咄咄逼人地回道，“真没想到，苏然你这么幼稚。”

“你……”苏然气结，不想再跟对方做这种无谓的争辩。

见到苏然争不过自己，叶欣欣干脆下了结论：“哥哥你看，我说对了吧。”

半晌，叶泽都没有说话。他是不愿意相信苏然会做出这种事的，可是叶欣欣的猜测也并非毫无道理，毕竟昨天自己对待苏然的态度是有些恶劣。只是现在双方都没有实实在在的证据做证明，他一时半会儿也没法做出正确的判断来。

叶欣欣以一副胜利者的姿态看着苏然。苏然很是憋屈，她看向叶泽想要寻求帮助，却从对方的眼神里读出了一丝怀疑，她的心瞬间凉了半截，偏头不再看他。

一直以来，苏然以为虽然她和叶泽并没有真正地在一起，但两人这些时日的相处已经培养了良好的默契。他们彼此都会了解对方是个什么样的人，她是有这样的自信的。

可是直到今天，苏然才发现，叶泽并没有她想象中那么了解她，面对叶欣欣的质疑，他的心动摇了。他不相信她，他开始怀疑她真的做了伤害他的事。

她没想到，原来自己在叶泽的心中会是这样的人。

委屈和怒意胀满了整个心房，她感觉自己的血液都要沸腾起来，苏然第一次对叶泽生出了厌恶。

她走到他面前，琉璃色的眸子里已经泛起了泪光，她一字一句地对他说："不管你相不相信，我都没有做这样的事。"

没有等到叶泽做出反应，苏然便头也不回地跑出了咖啡店。

03

跟叶欣欣约好中午去咖啡店接她回家的林轩提前到了目的地，只是他还没来得及走到巷子口，就撞见苏然跑了出来。

“苏然，你去哪儿啊？”林轩问了一句，却看到对方并没有理他，跑走了。哪怕只是一眼，林轩也清楚地看到苏然脸上是挂着眼泪的，他担心她出事，于是也跟着跑了过去。

“苏然，苏然！”林轩边追边喊，直到跑过了两个街口对方才停了下来。

苏然弯着腰喘气，脸上还有泪痕，林轩看得心疼，于是忍不住问道：“苏然，发生什么事了？”

“没事。”苏然回答，声音却仍有些颤抖。

“没事你刚刚为什么跑得这么快？我喊你你也不理我。”林轩不死心地追问，“是不是叶泽那家伙欺负你了？”

苏然缓了缓，平静下来然后对林轩说道：“不是，我没事。我只是想一个人静静，你先去咖啡店帮忙吧，店铺被淹了。”

“什么？怎么会淹了？”林轩满脑子都是疑问，他继续问道，“你真的没事？”

苏然摇摇头，说：“你不要管我了，我要回家了，明天还要考试。”说罢，也不等林轩再说话，她便钻进了一辆出租车。

既然苏然不想说，那他就去叶泽那儿找答案好了。这么想着，林轩转身往回走。十分钟后，林轩重新回到了咖啡店门口，他刚想推门，却听到了苏然的名字，于是停了下来。

“哥哥，你难道没发现苏然跟你走得近，是为了将来能分你一半的店吗？”叶欣欣的声音清晰地从咖啡店内传来。

“不是，苏然不是这样的人。欣欣，你知不知道，为了帮我完成这个梦想，苏然她付出了多少心思。”叶泽说道。

“哼，这不过是她的手段而已，为了取得你的信任，她当然也要做出一点贡献。”叶欣欣不屑道。

“如果真按照你所说的那样，那苏然更不可能故意不关水龙头不是吗？”叶泽反问道。

听到这，林轩大概可以猜出苏然是受了什么委屈了。

“那可不一定。苏然可是个没受过什么挫折打击的幼稚小姑娘，说不定她就是单纯地想报复你所以才导致咖啡店被淹的。”

听到叶欣欣不停地抹黑苏然，林轩气愤不已。

一直以来，林轩都想不明白，明明苏然没有做过什么伤害叶欣欣的事，她却老是针对她？先前他还以为她性格变好了，却没想到她原来是表面一套背地里又是一套。真是知人知面不知心。

林轩感觉自己被她深深地欺骗了，他不禁联想到之前叶欣欣的种种反常举动。

这时，他的脑海中忽然间生出一个猜测：之前叶泽临时抛下苏然害得她受伤，这次咖啡店被淹，会不会全是叶欣欣做的？

该死的，他竟然还把叶欣欣当成了自己的朋友！

懊悔的情绪在林轩的脑海中蔓延开来，他第一次发觉自己是如此的愚蠢，竟会相信这样一个表里不一的人。

见到林轩突然推门而入，叶欣欣的心中闪过一丝恐慌。她看了看手表，想要竭力隐藏自己的情绪，她低着头说：“林轩，你迟到了哦。”

“不好意思，我刚才出门晚了，过来的时候有些堵车。”林轩解释道，脸上露出了一抹抱歉的微笑。

还好，看来他并没有听到我跟哥哥刚才的对话，叶欣欣心想。于是她很快平静下来，抬起头来，迎上了对方的目光，微微扬起唇角。

“没关系呢。我也才跟哥哥谈完私事。”叶欣欣笑着说道。

还真是转眼就能换个嘴脸。林轩在心中讽刺道。他望了一眼店内的情况，确实是一片狼藉，于是他开口道：“我先帮你们把这里清理一下，再送你回去吧。”

“不用了，你先帮我送欣欣回家吧，天气冷，她身子弱待久了怕着凉。”叶泽忽然出声道。

“那这里怎么办？一个人搞不定吧？”林轩有些迟疑道。

“这里不用担心，我已经打电话叫了专门的工作人员来清理。”叶泽答道。

“哦，那我就先把欣欣送回去了。”说罢，林轩便走到叶欣欣身后，将她的轮椅调整了个方向。

“那个，苏然她……”看到逐渐走远的林轩，叶泽忽然出声道。

“什么？”林轩回头道。

“没事。”叶泽欲言又止，却看到林轩将轮椅停了下来，然后朝他走了过来。

“对了，我有件事忘了跟你说。关于苏然，你好好想想她有没有破坏咖啡店的动机。还有问问你的心，她究竟是个什么样的人。”

林轩的话语是如此的犀利，让叶泽的内心不禁为之一震。

04

清理人员花了差不多两个小时，才把咖啡店完完全全整理干净。看着焕然一新的店面，叶泽的心绪总算是平静了下来。

窗外的雪还在下，不知道苏然回家有没有洗个热水澡、喝碗姜汤去去寒？

他果然还是放心不下她。

叶泽站在窗边梳理了一下思绪，才发现刚才尽管没有认同叶欣欣的猜测，但是自己沉默的举止已经伤害到了苏然。毕竟在她受到非议的时候，他不仅没有及时地站出来，他的心中竟然还产生了动摇。

“问问你的心，她究竟是个什么样的人”。

林轩的话在叶泽的脑海中响起，是的，在他动摇的时候，他应该问问自己，苏然在他心中究竟是个什么样的人？

第一眼，他在机场看到她，便被她冒着傻气的可爱模样给吸引。没想到，他们住到了同一家青年旅社，鬼使神差地，他主动走到她面前跟她搭讪。他搭讪成功，原本的一个人旅行变成了两人同行，好不热闹。旅程结束时，他跟她告别，心中竟然生出了一丝不舍，他以为他们从此不会再有机会见面。

直到开学，在新生入学的时候他再一次见到了她。他开始相信她跟他之间冥冥注定有缘分，所以才会让两个原本毫无关联的人一而再再而三地相遇。

后来，他们渐渐熟悉了起来，她的模样也渐渐在他心中生了根。在他面前，她是一个个性有点倔强，又有点小天真，为人单纯善良的小女生。她很平凡，没什么大志，却把他的梦想当成了自己的梦想。

过往的一幕幕像放电影般在叶泽的眼前回放：为了帮他完成开咖啡店的梦想，她一个地理系的学生去选修了营销，利用自己的业余时间搜集各种有关开店的资料。而为了尽快凑到租店的资金，她甚至还想过去找小额贷款……

尽管有时候她有些孩子气，喜欢耍小性子，但以往只要碰到关乎开店的事，她每一次都会认真地对待。像今天店铺出了事，她甚至于比他这个老板更为着急，这样的苏然，怎么可能会去做伤害他的事？

想到这，满满的内疚感充斥着叶泽的心房。他走到吧台旁，拿起了正在充电的手机，拨通了苏然的电话。他在脑中准备了许多道歉的话，却听到手机了传来一阵冰冷的系统音：“您拨打的用户已关机，请稍后再拨……”

这次，或许苏然真的被他伤了心。

心生烦躁的叶泽用自己的拳头砸向橱柜，没想到一袋咖啡豆从橱柜里掉了出来。他看到这包咖啡豆的包装袋上被贴上了粉色的贴纸，拿起来一看原来上面写着五个大字：财源滚滚来。

这字体一看就知道是苏然的，叶泽记起来这包咖啡豆是在众筹成功的时候，苏然海淘买来送给他的。当时，他还嘲笑她写的祝福语太俗气，苏然却理直气壮地说这才是最实际、最接地气的祝福。

他忽然发现，似乎一直以来，都是苏然在帮他。而他替她做的却少之又少，好不容易有时间带着她去旅行一次，结果自己还在途中抛下了她。他原本是想要保护她的，可每次中间都会出现各种意外让他不得不离开她。

结果他非但没能保护她，还总是不小心伤害她。

其实，会不会是他根本就没有足够的时间和能力去保护苏然？

05

将叶欣欣送到家后，林轩便跟她说自己不会再来做兼职了。叶欣欣对这突如其来的变故有些不解，她问：“为什么？”

“功课太忙了。”林轩有点不耐烦，随意找了个理由回答。

“你撒谎，我听哥哥说，学校马上就要放寒假了。”叶欣欣却没有听懂他的真正意思，立马拆穿了他。

林轩没有反驳，而是沉默了几秒，才开口道：“这样说吧，我已经知道了你之前在苏然背后做过的那些小动作，念在朋友一场，我不想你太难堪。”

“你在说什么？什么小动作？”听到林轩的话，叶欣欣的表情开始变得不自然起来。

“我想你应该知道，对于我来说，苏然是很重要的存在。”林轩蹲下身来，平视着叶欣欣，一脸严肃地说道，“所以，我们的合作到此为止，以后我们也不再是朋友。我要说的就是这些，走了。”

林轩的话让叶欣欣整个人一下子愣住，还没等她反应过来，林轩便走出了叶家的大门。

有晶莹的液体噼里啪啦地滑落下来，坐在轮椅上的叶欣欣用手去擦拭，越发现越擦越多。

难道自己这是哭了？

“不对，我怎么会哭？！”叶欣欣不愿承认自己的反应，她安慰自己道，“不是哭，只是眼里进了沙子，没错，一定是这样的。”

可是心中那满满的酸涩又是怎么回事？

她是在难过吗？

可她怎么会因为林轩的离开而难过，明明于她，林轩只是个被她利用、无足轻重的一名陪护员而已。在叶欣欣的生命中，唯一重要的存在就只有叶泽。

所以自己这是因为林轩突然间辞职而愤怒吗？

复杂的情绪交织在一起，让叶欣欣一下慌了神。基于她的立场，她本应该是平静接受林轩的离开的，可方才听到对方说他和她不再是朋友的那一刻，她的心却像被针扎般疼痛。

或许，这个外表内向、内心却十分火热的男生，在不知不觉中，已经悄然走进了自己的心。而等到叶欣欣意识到这一点的时候，对方却跟她说他们的关系到此为止。

他是被她的所作所为给逼走的，他看到了她不堪的一面，是她把他吓跑的。

整个寒假，叶泽都没有见到苏然，无论是打电话还是发信息，苏然都是一副置之不理的状态。他跑到苏然家楼下，想要跟她道歉，想要邀请她寒假结束后来为咖啡店开张，可是等了好长时间他都没等到她。后来，他才从林轩那儿得知，原来苏然去了亲戚家度假。

还好，南方的寒假假期并不长，一个月之后，M大的学生纷纷回到了学校里。叶泽做好了心理准备，他不求苏然能跟答应跟他在一起，他只希望对方能收到自己的歉意和心意。

周一，得知苏然会来学校上课的叶泽，还没下课就等在了教室外。风云学长的到来，让不少上课的女生走了神，纷纷看向窗外。

“苏然，叶学长是不是来找你的啊？”身旁的同学CICI戳了戳苏然的手臂，小声问道。

“不知道。”

苏然侧过脸看向窗外，这才知道原来叶泽在外面。

在接触到对方炽烈的眼神的时候，苏然心头一紧，立马转回头来，假装平静地看向讲台。

“啧啧啧，还说不知道，你脸都红了。”CICI一脸狡黠地打趣道。

“别看了，我们还在上课呢。”感受到自己脸颊的温度，苏然只能装严肃来掩藏自己心中的慌乱。

她还在生他的气呢，他那么不相信她，让她觉得自己的一份真心被当成了狗肺。

可老实说，一个寒假没见面，她也不是没有想念过他。

等到下课，知趣的CICI想要抛下原本约好一起去食堂吃饭的苏然，却被苏然牢牢拉住，一起走出了教室。

只是即便如此，两个女生一出教室门，就被叶泽拦了下来。

“苏然，我想请你们吃顿午饭，可以吗？”叶泽小心翼翼地看着她，言语里满是真诚。

“好啊，好啊。”还没等苏然回答，CICI就开口道。

“不用了，我们去食堂吃就好。”苏然一口拒绝。

“不是啊，苏然，你刚才不是还在说吃腻了食堂的饭菜，想去外面吃吗？”CICI一边问，一边朝叶泽使着眼色。

“是啊，天天吃食堂也腻了吧，我知道校门口开了家新的烤肉店，不如我们一起去试试？”叶泽接着询问道。

“烤肉吃了上火。”苏然对身旁女生的挤眉弄眼视而不见，继续拒绝道。

“那咱们去吃粤菜，粤菜很清淡。”叶泽却依然没有死心。

“好了，CICI，我们赶紧地去食堂吃饭，不然耽误了午休，下午1点多还要上课的。”苏然一边催促，一边拉着CICI离开。

而被拒绝的叶泽，呆站在原地，心里是一片苦闷。

06

回到咖啡馆之后，叶泽煮了一袋方便面作为午餐。自从咖啡店开张以来，生意一直都比较冷清，不出意外的话，第二个月可能也要亏损了。好在已经是大四最后一个学期，叶泽有足够的时间来看店，省去了请人的支出。

只是，距离约定给众筹支持者回报的日子越来越近，自己却迟迟想不出改善经营的方案，叶泽内心的烦闷更甚。

“哥哥，你怎么又在吃方便面？这样会营养不良的。”这时，叶欣欣也出现在了咖啡店里。

“没关系，我一个人填饱肚子就可以了。倒是欣欣你，这个点过来，吃过饭了吗？”叶泽说道。

“还没，我特意过来找你一起吃饭的。”叶欣欣说着，推着轮椅来到了叶泽面前。

“那你等我稍微收拾一下，我们出去吃好了。”说完，叶泽便进了厨房。

看着哥哥日渐消瘦的背影，叶欣欣想到近来自己不止一次撞见他熬夜想方案，不禁心疼起来。明明自己手中拮据，却依然要带她出去吃好的。想到这，叶欣欣才发觉自己一直以来都做错了。在哥哥最需要人帮忙的时候，她竟然把能帮助他的人一个个都赶走了。

林轩上次离开后，便真的没有再来过叶家。而这些时日，待在家的叶欣欣总能想起他。原本因为林轩的到来，叶欣欣的生活好不容易有了些许波澜，如今，她的生活又恢复到一潭死水的状态中。

她想要改变这种状态，她想要挽回林轩这个朋友，于是给他打了个电话。还好，林轩并没有拒绝她，他答应过两天会来见她。

这是不是意味着他并没有完完全全地放弃她这个朋友？

林轩来叶家的这天，叶欣欣起了个大早。她难得地化了个淡妆，让叶泽也感到意外。

“欣欣，今天是要出去约会吗？”叶泽笑着问道。

“哥哥，你就别取笑我了，你快点去店里吧。”叶欣欣催促着叶泽出门。

"好好好，放心，哥哥不会做电灯泡的。"叶泽佯装无奈道，心中却有了久违的欢喜。

或许，他的妹妹开始尝试走出阴影了。

"好了，我出门了。"叶泽换好衣服后，跟叶欣欣说道。

"嗯，哥哥路上小心，晚上见。"叶欣欣微笑着应道。

"嗯，晚上见。"说罢，叶泽出了门。

林轩在约定的时间出现在叶家，看到他后，叶欣欣的内心生出了一丝紧张。

"林轩，谢谢你能过来。"叶欣欣开口道，眼神里充满了诚恳。

"有什么事，说吧。"林轩淡淡地说道，看不出是什么样的心情。

"今天我是要跟你道歉的。"叶欣欣接着说道，"你上次说得没错，我是在背后搞了许多小动作。"

"原本，我也跟苏然一样是个有着美满家庭的女生，可是高考前的那场交通事故，不仅让我失去了双腿，还让我失去了我的家庭。从此我的人生便只剩下哥哥这一个亲人。一开始，我不愿意面对这样的现实，我成天把自己关在家里，我跟所有朋友和同学都断绝了联系，因为我不想看到别人一家幸福美满的样子。凭什么，他们可以那么幸福，我却落得如此下场？明明我也只是一个平凡家庭的孩子，上天却要残忍地剥夺我平凡的幸福！"

"那你也不能以此为理由去伤害苏然，苏然与你无冤无仇的。"林轩虽然同情她的遭遇，但也无法认可她去设计陷害苏然。

“因为我害怕，害怕我仅剩的亲人也会离开我。”说到这，林轩看到叶欣欣好看的眼睛里忽然间泛起了泪光。

“叶泽？”林轩有点不明所以，“叶泽怎么会因为苏然离开你？”

“你没发觉吗？”叶欣欣反问道，“他们俩已经喜欢上了彼此。”

尽管林轩并不愿意承认这个事实，但他还是点了点头，说：“看出来了。”

“哥哥有了喜欢的人，那就意味着哥哥不再属于我一个人了。”叶欣欣接着说，“哪怕现在他还没有跟苏然在一起，但他的心已经分了一半给她了。如果，以后他们在一起了，甚至是走入了婚姻，他们还会有小孩，那哥哥的整颗心都要被拿走了。”

“对我来说，就是要失去哥哥了，而到时候我就真的只剩下一个人了。”一想到这样的画面，叶欣欣就悲从心来，她的声音里有了哭腔，“我不想，不想哥哥离开我，不想一个人孤孤单单地在这个世界生活下去，我害怕……”

“我害怕连哥哥也不要我了……”

07

在林轩的印象中，叶欣欣一直是个个性冷漠独立坚强的女生，他从没有看到过她如此脆弱的一面。归根究底，叶欣欣是因为害怕失去自己唯一的亲人，才不得已走了弯路。

看着面前低着头抽泣、身子微微发抖的女生，此刻的林轩忽然很想上前抱抱她。

“傻瓜，你哥哥不会离开你的，我也不会离开你的，我们不会让你一个人的。”

温柔的声音从头顶上方传来，林轩的话像是有着治愈心灵的效果，让叶欣欣原本千疮百孔的心忽然有了新的生机。

“你说的都是真的吗？”她抬起头，噙着眼泪问道。

“嗯。”林轩点点头，说，“叶泽是你的亲哥哥，哪怕他将来结婚生子有了新的家庭，他也不可能抛下你，让你一个人自生自灭的。毕竟你们俩是血脉相连的亲兄妹。”

“那你呢？”叶欣欣追问道，语气里透着期待。

“我……”林轩被女生突如其来的问题给问懵了。

“叮……”一道清脆的声音从门外传来，打断了两人的对话。

“是谁？”叶欣欣大声问道。

门外却一片寂静，没有回应。

“大概是熊孩子在恶作剧吧。”林轩安抚道。

怕被门内的人发现，叶泽赶紧捡起钥匙，轻手轻脚地跑下了楼。直到跑出小区后，他才停下脚步。

他喘着粗气，脑袋里嗡嗡作响，耳边不停地响起刚才听到的叶欣欣的话。

“哥哥有了喜欢的人，那就意味着哥哥不再属于我一个人了。”

“我不想，不想哥哥离开我，不想一个人孤孤单单地在这个世界生活下去，我害怕……”

“我害怕连哥哥也不要我了……”

一直以来，叶泽都以为自己这个哥哥做得很不错。他能够经常在家陪伴行动不便的妹妹。他会因为妹妹喜欢咖啡豆的香味，于是拼命挣钱想要开咖啡店。他害怕妹妹画画没灵感，于是挤出时间出去旅行，想要把最生动的风景呈现在妹妹的眼前。

可他却一直没有发觉，被他捧在手心的妹妹原来内心是如此的缺乏安全感。若不是刚刚走到半路上发现自己没带充电器返回家，他都不知道自己什么时候才能真正了解到叶欣欣心中的想法。而正是因为自己没有及时了解到她的内心，所以才导致苏然一次次被她设计受伤。此刻的叶泽突然间觉得自己做人好失败。作为哥哥，他没有很好地照顾到妹妹的感受，让她一直处在不安之中。作为朋友，他不仅在旅途中抛下过苏然，还一次又一次地怀疑她，伤了她的心。作为老板，咖啡店的生意一直没有起色，而他竟然一点办法都想不出来。

或许，他根本就不够资格去独自经营一家咖啡店。

或许，他根本就没有能力同时保护好两个女生。

或许，他不该再去打扰苏然的生活了……

第十一章

KEAIDESHIGUANG
KEAIDENI

人生中最美丽的意外便是你

那天，你问我许的是什么愿望，我回答说开一家咖啡店。其实除了这个，我还许了一个愿望，那就是希望以后我的每一趟旅程都有你。

01

早春时节，M市乍暖还寒。窗外已有不少花草露出了新芽，过完冬的鸟儿也重新出现在叶家的窗台上。

“去年苏然和我哥去H城旅行的那次，是我诈伤骗我哥回来的。”叶欣欣看着面前的男生，认真地说道，“之前咖啡店淹水的那次，也是我陷害苏然的。”

“嗯，我猜到了。”林轩淡淡地说道。

“我会找机会跟我哥说清楚的。”看到林轩的脸上没有一丝波澜，叶欣欣连忙补充道。

“好。”林轩依然没有什么情绪。

“那我要跟你说的全部说完了。放心吧，我以后不会再找你了。”叶欣欣努力地扯出一个笑容，想要藏起自己眼底的失落。

“你下一次去医院做物理治疗是什么时候？”林轩看着窗外，忽然问道。

“啊？”叶欣欣一脸疑惑。

“你下一次去医院做物理治疗是哪天？我看要不要上课。”林轩低下头来，看着她说。

“下一次，好像是周三。”尽管不清楚对方为什么要问这个，但叶欣欣还是如实回答。

“周三我下午没有课，到时候我来接你去医院吧。不过我现在得先走了，今天下午还有课。”林轩的语气淡淡的，却听得叶欣欣的内心掀起一阵涟漪。

“你要来接我？”叶欣欣想要确认，于是追到门口问道。

“嗯。”林轩停下来，点了点头。

“为什么？”叶欣欣的脸上露出一副不解的表情。

“什么？”林轩问。

“为什么对我这么好？”

“因为你是我的朋友啊。”

“因为你是我的朋友啊。”

林轩的话在耳边久久回荡，叶欣欣不敢相信，他还愿意把她当朋友。离开之前，林轩对她说，他想跟她重新做朋友，只不过他希望是真实的叶欣欣，而不是之前那个一直戴着面具的叶欣欣。

对此，叶欣欣既觉得意外，又有些不知所措。她原本以为，自己跟林轩坦白后，林轩便会不再理她。可事实上，林轩不仅没有不理她，还想跟她重新做朋友。

会不会是他想要替苏然报复她，所以才说要重新跟她做朋友？

即便如此，她似乎也没资格去责怪林轩，毕竟一开始做错的人是她自己。如果林轩想要报复她，那么她就等着接受就好。

而另一边，从叶家出来后的林轩并没有马上离开，而是在楼下停留了一会。他抬起头看着叶欣欣家的阳台，心中又生出一丝不舍来。其实上次跟叶欣欣说绝交的时候，他第一次对她有了不舍的情绪。

这段时间，他没有跟叶欣欣见面，心中的怒意也渐渐平息了下来。突然之间，不用去做兼职，林轩竟然闲得有些不习惯。

而当叶欣欣再次跟他联系，想要约他去她家的时候，他发现自己没有产生丝毫抗拒的心理。他原本以为自己该恨她，不会再愿意看到她的。可事实证明，他错了。

今天，在听到叶欣欣毫无保留地向他倾诉自己的内心的时候，他的心中突然产生了一股冲动：他想帮她，帮她走出一直缠着她的阴影。

02

周三，连日来的阴雨天气终于告一段落，M市的天空得以放晴。当林轩如约出现在叶欣欣的面前时，叶欣欣还是有点小意外，她以为上次他只是随口说说而已。

等车的时候，叶欣欣不自觉地朝阳光下的林轩看去。男生温柔的侧脸笼罩在橘色的光线里，亚麻色的碎发随意地附在光洁的额前，长长的睫毛，琥珀色的双眸。修长挺拔的身姿往那儿一站，便能吸引到身旁路过的小女生。

真想摸摸那张好看的脸。

叶欣欣在心中想着，下一秒，却看到林轩的视线落到了自己的身上，像是被人看穿了自己的小秘密般，吓得她赶紧地偏过头去。

见到女生白皙的脸上忽地染上了一抹绯色，林轩弯了弯眉眼，笑了起来。

来到医院后，林轩轻车熟路地推着叶欣欣去到康复中心。不同的是，以往都是叶欣欣在治疗师的指导下做着训练，林轩则是在一旁看着手机，不会对她有多少关注。而今天，从叶欣欣做训练前的准备开始，林轩便一直陪在她身边。

完成肌力训练后，治疗师安排叶欣欣做站立训练。一想到站立训练，叶欣欣便有了心理压力。站立训练对于叶欣欣来说是最为痛苦，她平衡能力不太好，再加上手臂的力量不够大，站立的时候身体容易失去重心导致摔倒。

她扶着站立架小心翼翼地想要站起，不一会儿额头上就渗出了细密的汗珠来。叶欣欣吃力的模样让林轩禁不住心疼，他站在她的身旁，保持着高度的警觉性，生怕她一下没力，身子就倒下来。

只是叶欣欣还没有完全站起来，便又坐了下去。

“做这个太痛苦了，我今天不想做了。”叶欣欣一脸颓丧，说话的语气里带着一丝怒意。

“欣欣，别丧气，我们先休息一下，再继续。”治疗师安抚道。

“不做了，我要回家。”叶欣欣皱着一张小脸拒绝道，下一秒，就示意林轩把她的轮椅拿过来。

看着女生打了退堂鼓，林轩挑了挑眉，故意说道：“叶欣欣，你今天是来‘大姨妈’了吗？这么脆弱。”

“来没来，好像都不关你的事吧。”叶欣欣没好气地回道。

“是，不关我的事，但是跟你的身体息息相关啊。”林轩一本正经地说道，“我以为你是被‘大姨妈’折磨得不成人形，才这样。”

“毕竟这不像我所认识的叶欣欣。”

“省省吧，你这蹩脚的激将法，对我可没用。”叶欣欣撇撇嘴，不屑道。

林轩并没有听话地住嘴，而是蹲下身来，平视着女生说道：“我所认识的叶欣欣，独立坚强，哪怕腿脚不方便，也能独自地生活。哪怕因为车祸没能考上美院，她内心对画画的热爱从未停止过，追逐梦想的脚步也从未停下来。所以，我相信她不是一个这么轻易就被打倒的人。”

或许是此刻面前男生的眼神太过温柔，或许是他的语气太过认真，又或许是自己太长时间没有跟哥哥以外的男生这么近距离地对视过……

林轩的这段原本是鼓励她的话，传入叶欣欣的耳中却变成了一段情话。她的小心脏此刻扑通扑通地狂跳，脸颊也开始微微发烫，她甚至不敢直视他的双眸，于是别过了脸。

沉默了一小会儿，叶欣欣才吞吞吐吐地开口道：“那我再试试。”

“嗯。”听到女生的回复，林轩笑得眉眼弯弯。

大概是林轩的话起了作用，接下来的时间里，叶欣欣一次一次地尝试，哪怕摔倒了也没有泄气，总算是完成了今大的训练任务。

在餐厅吃完晚饭后，林轩照例送叶欣欣回家。经过步行街的时候，林轩眼尖地看到叶欣欣的视线一直停留在不远处的冷饮店上，于是他将她朝那边推去。

“林轩，你是不是走错路了？”叶欣欣一脸纳闷地问道，“回家不是这个方向。”

“送你一个礼物。”林轩回道。

“什么？礼物？”叶欣欣更纳闷了，最近好像都没有节日，她生日也还没到啊。

“到了。你看看喜欢哪个？”林轩将叶欣欣推到店门口，对她说道，唇边是浅浅的笑。

叶欣欣一抬头，便看到许许多多诱人的冰激凌图片出现在自己眼前。她问：“你这是要请我吃？”

林轩点点头，说道：“嗯。”

“慢着，平白无故请我吃冰激凌，你是不是有什么企图？”面前的女生露出一副紧张兮兮的表情，可爱的模样让林轩觉得又可爱又好笑。

“说了送你一个礼物。”林轩说。

“没事送什么礼物？”叶欣欣依然有些警惕。

“因为你今天勇敢地战胜了自己，所以奖励你。”林轩笑着回道。

“既然是这样，我就勉为其难接受你的好意啦。”嘴巴上虽然这么说，但叶欣欣的心中却像是吃了蜂蜜一般香甜，唇角也禁不住扬起。

不知道为什么，这天晚上，她忽然间嫌弃自己的家住得不够远，以至于二十分钟到家楼下后，她还有点舍不得跟林轩道别。

昏黄的路灯下，林轩缓步推着她往小区里走，迎面而来的夜风夹杂着淡淡的花香。

叶欣欣眯着眼享受这惬意的时光，忽然很想时间就此停住。

“到了。”男生的声音从头上方传来。

“林轩，我们以后还会见面吗？”叶欣欣问，浅棕色的眸子里忽然抹上了一丝伤感。

“当然会啊。”林轩说。

听到林轩肯定的回答，叶欣欣的眼睛亮了亮，她微笑着说道：“嗯，那我们下次见。”

“嗯，下次见。”

03

一直跟叶泽冷战的苏然，心情颇为烦闷，好在功课方面也足够繁忙，让她没有那么多时间去胡思乱想。只是清明小长假临近，她既不想回家，也不想待在学校里。

林轩去教室找苏然的时候，苏然正在翻看一本旅游杂志。

“怎么？你又想出去玩了？”林轩问。

“什么叫又？我可快有半年没有出远门了。真是憋得慌。”苏然不满地回答。

“是不想见到某人，想要逃避吧？”林轩笑得一脸狡黠。

“不知道你在说什么。正所谓‘阳春三月，草长莺飞’，是时候出去踏踏青了。”苏然回避对方的调侃，一本正经地说道。

“那你准备去哪儿？准备什么时候去？”林轩接着问。

“这个时节最适合去江南了。”苏然说，“最近的假期就只有清明节，准备那个时候去。”

“清明？那就是这周末了。”林轩得知时间后，微微有些丧气，“可是这周末我没时间啊。”

“我有时间就行了，你又不去。”苏然说。“不过，这周末你为什么没时间？你不是也不回家吗？”

这周末有个艺术展，艺术展的作者跟叶欣欣有着相同的经历，所以他想带她去看看。

“要去看艺术展。”林轩答道。

“艺术展？”苏然一脸疑惑，在她印象中的林轩可是从不参加这种类型的活动，有古怪！

“嗯。”林轩确认道。

“跟谁呀？”苏然试探道。

“呃……”林轩迟疑了，脸上的表情也变得不自然起来。

看到林轩这个反应，苏然更加肯定这事有古怪了！

“该不是叶欣欣吧？”苏然问。

林轩沉默，不置可否的样子。

“不说话就是默认了。”苏然一眼了然，随后佯装嗔怪道，“啧啧啧，林轩你不厚道啊，枉我们还是从小一起长大的，你谈恋爱了竟然不告诉我！”

“别乱说，我们只是朋友。”听到苏然误会，林轩立马反驳道。

“哦？朋友？”苏然的语气里满是怀疑。

“对，朋友而已。”林轩果断地答道。

“好好好，朋友就朋友，反正好多情侣都是朋友发展而成的。我看好你们哦！”苏然朝他眨了眨眼，一脸坏笑地打趣道。

林轩表示不想继续这个话题，他问道：“所以这次你是打算一个人去旅行？”

“对啊。”苏然点了点头。

“那这次你可千万别再骑车了，不安全。”想到上次苏然在H城跟人撞车，林轩都有点后怕。

“好啦好啦，你别这么婆婆妈妈的。女生可不喜欢这么唠叨的男生。”苏然调侃道。

林轩朝她翻了个白眼，说道：“不跟你贫了，我要去上课了。”

“去吧，我也要回宿舍了。”苏然回道。说罢，她整理了一下课本站起身来。

两人一起出了教室，却在走廊上撞见了叶泽。当他迎面朝他们走来的时候，气氛甚是尴尬。苏然以为叶泽要说些什么，却看到他一言不发地与她擦身而过。

心蓦地一沉， 苏然把视线从叶泽身上收了回来。

是她对他冷战过分了吗？不然为什么最近他都不来找她了？

不仅如此，刚才他们好不容易偶遇，他却装成视而不见的样子。

所以叶泽这是放弃她了吗？她跟叶泽真的就这样结束了吗？

一想到自己以后要跟叶泽形如陌路，苏然的心就如同被锋利的针扎一般，疼痛不已。

04

小长假的第一天清晨，苏然便坐车到了H城。之所以会再次选择来H城，一方面是上次自己意外受伤没有把想去的地方走完，另一方面是加恩给她打电话说她有个重要的发现，让她来看看。

清明时节的H城，绿意盎然，鸟语花香。因为是小长假，不少周边城市的市民也都举家出游，街上行人如织，好不热闹。只是这热闹，把一个人来H城游玩的苏然衬得更为形单影只。

苏然被加恩所说的“重要的发现”吊足了胃口，她一落地便往“第37个故事”赶去。从车站到加恩的店只需要十来分钟，苏然听了几首歌就到了。

“叮叮……”苏然推开玻璃门，门上的蓝色风铃也跟着发出了清脆悦耳的声音。而此时的加恩正在烘焙室里烤着面包，并没有察觉到苏然的到来。

苏然想要逗她，于是轻手轻脚地走到加恩身后，深吸一口气，气沉丹田，然后学着男声，开口道：“老板，这饼干怎么还没烤好，我都饿得前胸贴后背了。”说完，苏然的肚子还真的配合地发出了“咕咕”的声响。

“不好意思啊……”加恩边道歉边转身，在看到说话的人是苏然后，“扑哧”一下笑了出来。

“我就说刚才店里明明没有客人，原来是你。”加恩弯着眼睛笑。

“嘿嘿，我这不是给你个惊喜嘛！”苏然也笑着说道。

“是是是，惊喜。”加恩说，“对了，你刚到吧，先去餐厅休息会，冰箱里有饮料跟酸奶，自己拿。我等这箱蛋糕出炉，就过来。”

“等等，你还没告诉我这烤的是什么蛋糕呢？”苏然朝烤箱里瞄了瞄，眼神里满是期待。

“这是一道新品，名字叫‘青青子衿’。”加恩回道。

“什么？‘青青子衿’？”苏然显然有些纳闷，问道，“我只知道‘青青子衿悠悠我心’是《诗经》里的一句诗。那你这个又是在搞什么名堂？”

“抹茶搭配红豆以及蔓越莓干做的杯子蛋糕。”加恩解释道，“一位思念着情人的年轻女生。”

“噗……”苏然不禁笑道，“这也可以？”

“发挥你丰富的想象力，没什么不可以。”加恩回道，“这也算是一种营销手段，给每款产品都附上属于它们自己的标签。”

“嗯……长知识了。”苏然点头同意道，“那待会我得好好尝尝这款‘青青子衿’。好了，不妨碍你了，我出去了。”说罢，她便走出了烘焙室。

等到加恩端着烤好的杯子蛋糕出来的时候，苏然已经在木质的椅子上打起了盹。见状，加恩本不想过去打扰她，却没想到她才把蛋糕轻轻放下，苏然便一个激灵醒了过来。

“你还真是吃货，还没叫你，你自己闻到食物的香味就醒来了。”加恩笑着调侃道。

“这可能叫‘吃货敏感’，专属于吃货的一种特殊技能。”苏然一脸得意地说道。

“厉害了，我的苏然。”加恩顺势夸道，“快尝尝我的新品。”

“好。”苏然拿起一个杯子蛋糕便往嘴里送，“唔……好吃。”

抹茶的清香与蔓越莓的酸甜交融在一起产生独特的口味，再加上软糯的红豆入口即化，口感软绵恰似那绵绵不断的思念之情。

“‘青青子衿’这名字还真没取错呀。”吃完一个蛋糕后，苏然感叹道。

“是吧？”加恩对苏然的试吃结果一脸满足。

“好了，给你当了小白鼠，你也得回馈我一下吧。”说着，苏然朝加恩眨了眨眼。“你之前跟我说的‘重要的发现’究竟是什么？”

“哦，那个啊……你等等，我去拿。”说罢，加恩便起身往书柜那儿走去。

苏然待在原地，看着加恩从书柜上取出一本旧旧的本子，然后朝她走了过来。

“就是这个。”加恩说道。

“这个？这个不是你店里的故事集吗？”苏然有些不明所以。

“嗯，没错。”加恩点点头，接着说，“别急，你先翻到你上次写的那一页。”

“好。”不知道对方葫芦里卖什么药的苏然只好照做。只是故事集原本是一本日记本，并没有页码，所以苏然只能凭着星星点点的记忆去翻找。

找了好半天，苏然才翻到自己上次写的内容。

“希望下次还能跟今天一起来的人来这里。——小然”

看到这一行字，苏然的情绪忽然间就低落了下来。上次来的时候，她还跟叶泽好好的，可这一次，自己已经跟他形同陌路了。

“没想到这么快就被打脸了。”苏然冷笑一声，自嘲道。

加恩意识到苏然情绪不对，于是试探着问道：“什么打脸？是不是跟叶泽有关？”

“嗯。”苏然点头。

“你们怎么了？”加恩接着问道。

“我们……”苏然顿了顿，才说道，“其实也没什么，只是最近都没联系了。”

“为什么？你们分手了吗？”加恩一脸疑惑，明明上次见到这两人感情还很好的样子。

“分手？”苏然愕然，自己压根就没跟叶泽在一起啊。“不是，我们都没有在一起呢。”

“啊？我还一直以为你们俩是情侣呢。”加恩惊讶道，一副不可置信的表情。

“哈哈，我们像情侣吗？”苏然苦笑着问道。

“当然像，不对，你们俩之间的那种氛围岂止是像情侣，简直就是一对热恋中的情侣。”加恩答道。

“是吗？”原来在别人眼中，她跟叶泽已然是一对情侣了。

“嗯。”加恩确认道。

“虽然我也想跟他在一起，但应该没有可能了，唉……”苏然垂下眼，轻叹道。

“你们是不是有什么误会？我看得出叶泽是喜欢你的，怎么就没有可能在一起了呢？”加恩纳闷道，明明叶泽当时看着苏然的眼神里就是充满着爱意，再加上他在故事集上写的那段真情告白。

“当我被人质疑的时候他没有表现出对我的信任，我很生气，我不知道在他心目中我究竟是个什么样的人，也不知道他对我到底是个什么意思。”苏然不知道，叶泽到底是不是喜欢她。

“这样啊……”加恩叹道，“男人心海底针啊。”

“不说这事儿了。”苏然想要转移话题，道，“对了，你让我看这个故事集是什么意思啊？不会就是让我重温一下自己写的内容吧。”

“啊，你翻到你后面那页，说不定就能找到答案了。”加恩这才记起，她所说的“重要的发现”就是当天在苏然离开店里之后，叶泽写的那段真情告白。

05

“小然，第一次在机场见到你，我便被你冒着傻气的模样给吸引住了，所以我忍不住‘偷拍’了你，结果被你发现。你龇牙咧嘴地对我做出警告，我原本想要过去跟你道歉顺便搭讪的，下一秒你却走掉了。当时我还觉得挺遗憾的，想着就这么错失了认识你的机会。

可人生中总有几次美丽的意外不是吗？而我人生中最美丽的意外便是你。谁也没有想到，我跟你竟然入住了同一间青旅，而且你就住在我对面。当下我便决定，这次再也不能放过认识你的机会了。

我跟你道歉，你很大度地原谅了。然后我尝试用美食来拉近我们的关系，果然我没猜错，你还真是个小吃货。接下来，我们一起去爬山，一起追猴子，一起做义工，一起在凌晨四点的时候出发去拍瀑布彩虹。

这一趟奇妙的旅程让我和你成了朋友。可是再美的旅程也会有终点，我们在机场道别的时候，我的内心竟然生出强烈的不舍。那个时候，我才知道，我是对你动心了。

我们的缘分还在继续，回到学校的我竟然在新生报名处再次见到你。你成了我的学妹，这是不是意味着我有可能追到你了？

我带你去看流星，我听到你说自己的愿望是希望得到一个人的心，所以那个人应该是我吧？

令我没想到的是，你不仅因为想要帮我完成开咖啡店的梦想而去学习各种有关营销、咖啡的知识，竟然还想通过借贷的方式帮我解决资金的问题。你为我付出的种种让我既感动又心疼，我想一定是我上辈子拯救了银河系今生才有这么好的运气遇见了你。

那天，你问我许的是什么愿望，我回答说开一家咖啡店。其实除了这个，我还许了一个愿望，那就是希望以后我的每一趟旅程都有你。”

那个当初嫌弃这是小女生把戏的男生竟然满满当当地写了一页纸，而所有的内容竟然都是关于自己的，苏然想到这儿，内心忽地涌过一阵暖流。

原来，一直以来，叶泽都是有把她放在心上的。

原来，叶泽是想要跟她在一起的。

原来，叶泽从第一眼开始，就喜欢上她了。

确认这些后，苏然的心中像是有一种名为爱的烟花绽放开来，甜蜜感随之侵入到她身上的每一处毛孔。

“怎么样？”加恩见到苏然已经看完，关切地问道。

“嗯，我找到答案了。”苏然的唇角扬起一抹笑意，答道。

“啧啧啧，我仿佛闻到了一股‘恋爱中的酸臭味’。”加恩笑得一脸不怀好意。

“滚滚滚……”苏然朝她翻了个白眼。

“好了，来说正经事，我这次出来是散心的，有什么推荐的地方去吗？”苏然转眼正经道。

“散心？”加恩装作一副不解的样子，问道，“有了某人的真情告白，我想应该就不需要去散心了吧？”

“还能不能好好说话了？”苏然佯装生气，嗔道。

“当然可以的，”加恩笑着拿出了手机，“让我看看，有啥地方好玩的。”

“你对古镇有兴趣吗？”加恩问道。

“有有有，我还没有去过古镇呢。”苏然立即产生了兴趣。

“那我们就去这里吧。”加恩用手指了指，说道，“烟雨小镇，小桥流水，乌篷船……”

“想想就很美，就这么愉快地决定了！”说完，苏然忽然间意识到有点不对，于是问，“我们？你也要去？”

“怎么？不喜欢？”加恩挑了挑眉，一副理所当然的样子。

“怎么会不喜欢？！只是，你不是要守店吗？”苏然疑惑道。

“偶尔也需要放松一下，我都很长时间没有休息过了。”加恩一脸疲惫地说道。

“这样啊，那是该放松一下了。”原本以为自己要一个人孤孤单单上路的苏然，突然得知加恩要跟她一起去，内心开心不已。

“不过，待会你得帮我一起收拾一下。”加恩补充道。

“没问题！”苏然果断地答应，“我们俩可以一起去旅行，简直就是惊喜。”

06

同样是小长假的第一天，叶欣欣同林轩一同来到了名为“重生”的艺术画展现场。现场的人很多，林轩谨慎地控制着叶欣欣的轮椅，生怕她被行人撞到。

大概是车祸之后，叶欣欣就再也没有来过画展了。她怕触景生情，怕自己的心受到刺激，所以当她得知林轩要带她来这儿的时候，她的内心不是没有挣扎。只是当她回想起在康复中心林轩对她说的话时，她突然想去试试。

展览厅陈列着上百幅主题各异的油画，植物、动物、人物还有一些日常的静物。看似稀松平常的东西，画者却能用她独特的视角以及精湛的画技给它们赋予新的生命力。

叶欣欣的视线停留在一幅人物画前。画中的小孩看起来是营养不良的模样，他蹲在街边正在用一小块面包喂食一只骨瘦如柴的流浪猫。他的身后是一片蚊虫滋生的废墟，可他黑白分明的瞳孔里却有着最为纯净的世界。

“尽管成年人的世界里污浊不堪，孩子们的世界却依然保留着一份纯净。”林轩看着画，忽然间出声道。

“嗯。”看着这样能直击人灵魂的画作，叶欣欣的内心生出不小的震撼。她忽然间很想知道，这位画者究竟是个什么样的人。

像是接收到了女生眼中的疑问，林轩在一旁兀自地介绍起来：“这次画展的画家南酱，从小就在油画上表现出惊人的天赋。因为父母经常出差，她便跟着他们满中国地跑，小小年纪就见过各色风景，也为她的画积累了足够多的素材。”

“不同于一般女生喜欢服装珠宝设计，她在念中学时就下定决心高考后要去意大利学习西方古典美术。高考时，她的成绩很优异，也顺利地通过了留学考试，可就在去意大利上学前她却遭遇了人生中的一个重要转折。”

听到这里，叶欣欣的心轻轻颤动了一下。

她开口问林轩：“什么转折？”

“她在旅行的时候，玩跳伞发生意外，从空中坠落，摔成了高位截瘫。”林轩回答。

“高位截瘫？”天啊，这伤比她还严重。

“嗯。”林轩点头道。

“那后来呢？这些画都是她受伤前的作品吗？”叶欣欣追问道。

林轩摇摇头，接着说道：“不是，这都是她最近的作品。她受伤后，没能去意大利上学。尽管她下肢瘫痪并不会影响到画画，但她无法独自在异国他乡生活。南酱对于没能去自己梦想的地方深造很不甘心，她不愿自己接下来的人生都在轮椅上度过。于是接下来的日子里，她都积极在医院做康复治疗，而在此期间，她也没有放弃画画。今天展出的这些画，就是她在治疗期间画的。”

“而就在今年年初，她终于扔掉了轮椅，重新站了起来。听说，今年夏天，她就会去意大利完成自己的梦想了。”

从被宣告瘫痪到重新站起来，这样一个转变在外人看来或许很轻松，可只有真正经历过的人才能懂得这过程中的辛苦。不仅仅是生理上的转变，心理上的转变才是最为艰难的。所以，画者才会把这次画展命名为“重生”吧。

而今天，林轩之所以会带她来看这个画展，内心是希望她也能得到重生吧。

想到这里，叶欣欣忽地抬头看向了身旁这个在看到自己阴暗一面却没有远离她的男生。

一开始，她以为他接近她只是为了报复。可现在她才发觉，他是真心把自己当朋友在对待。

“谢谢你。”叶欣欣的声音里有了一丝哭腔。

“谢什么？”林轩对于女生的突然道谢有些不解。

“谢谢你没有因为我做的那些错事离开我，谢谢你陪我治疗，谢谢你鼓励我。”说着，叶欣欣的眼泪也跟着流了下来。

“人都会犯错的，知错能改善莫大焉。你只是一时钻了牛角尖，蒙住了自己的心智。作为朋友，最重要的不是锦上添花，而是在你需要的时候对你伸出双手。”说到这，林轩笑了笑，“所以，不用谢。”

或许是男生此刻的笑容太过温柔，让叶欣欣原本坚硬的心一下子变得柔软起来。她看着他深邃的眼眸，在心中暗暗下了一个决定。

她想要重生，为了自己的梦想，也为了面前的男生。

因为，她不止想要和他做朋友。

07

看完画展回到家的时候，叶泽也已经回来。叶欣欣想要拉着哥哥分享今天看展的收获，叶泽却说了一句人不舒服想要休息拒绝了她。

“哥哥，你怎么了？是感冒了吗？”看到叶泽准备回房，叶欣欣关切地追问道。

“嗯，可能吧。”叶泽有气无力地回道。

“严不严重？要不要去医院看看？”

“不用了，还好，我睡一下就差不多好了。”

“真的不用吗？我看你好像很辛苦的样子。”

“真不用，欣欣你别担心了。你出去了一天，也早点休息吧。”说罢，叶泽便进了房间。

“好……”叶欣欣应道，心中却越来越担忧。

最近这段时间，叶泽都是早出晚归的，休息时间也很短，身体状况也变得不怎么好，总是感冒。

叶欣欣知道叶泽因为咖啡店的事，心理压力大，她想陪陪他，却总是被拒绝。

叶欣欣忽然间觉得自己身为妹妹很没用。平日里，总是哥哥在照顾着她，遇到什么难题，哥哥都会想方设法替她解决。可等到哥哥遇到困难的时候，她却什么也帮不到他。

叶欣欣陷入自责中，却突然间想到有一个人或许可以帮到叶泽。她连忙拿出手机，给林轩打了个电话。

“喂……”熟悉的声音在耳边响起，

“林轩，能不能把苏然的电话告诉我一下？”叶欣欣急切地问道。

“可以是可以，不过发生什么事了吗？”林轩问道。

“我……我还欠她一个解释。”叶欣欣顿了顿，说道。

“嗯，我发微信给你。”林轩猜想着，叶欣欣大概是要跟苏然坦白自己之前做过的陷害她的事了。

“好，那我先挂了。”

“嗯，拜拜。”

挂断电话后，紧接着叶欣欣就收到了来自林轩的微信。她立马拨通了微信里的手机号码，整个人也跟着莫名紧张了起来。

“喂……”苏然接通了电话。

“苏然，我是叶欣欣。你现在说话方便吗？我有很重要的话要跟你说。”叶欣欣听到苏然的声音，便开门见山地说道。

“嗯，你说吧。”苏然回道。

“关于之前我哥还有你的事情……”叶欣欣鼓起勇气述说了起来。

而一开始接到叶欣欣的电话感到纳闷的苏然，在叶欣欣的叙述中渐渐明白了她的用意。

原来，因为害怕自己会把哥哥抢走，叶欣欣一次又一次地使计离间她和叶泽。咖啡店淹水那次也是叶欣欣在她离开之后做了手脚，并且在叶泽追究责任的时候在他身边煽风点火，故意引导他怀疑她。

“对不起，苏然。”叶欣欣的语气听起来极为诚恳。

“嗯。”苏然应道。

“我不奢望你可以原谅我，我只希望你不要因为我的原因而放弃我哥，我知道，我哥是真心喜欢你的。”叶欣欣想到当下能帮助叶泽重新振作起来的人就只有苏然了。

“我……”其实我并没有放弃你哥，看到他的留言之后，更加不会了。苏然心想着却没说出口。

“我哥现在很需要帮助，而我能想到人就只有你了。”听到苏然欲言又止，叶欣欣心急地说道。

“你哥怎么了？”听到对方说叶泽很需要帮助，苏然这才意识到事情的严重性。

“我哥最近整个人都很颓废，因为想要尽快改善咖啡店的生意，他总是熬夜，精神压力大，身体也跟着出了问题。”叶欣欣答道。

“好，我答应你我会尽力帮他。不过我现在还在古镇，可能没那么快回来。”尽管嘴上这么说，苏然的心里却想着等说完就去看看回程的火车票了。

“没关系，你能帮他我就放心了。你也别担心，我会看着他的。”听到对方答应了自己的请求，叶欣欣总算是松了一口气。

终于，她也能开始回馈哥哥的爱了。

尾声

KEAIDESHIGUANG
KEAIDENI

01

江南小镇的清晨，烟雾缭绕，空气中还带着清凉的水汽。

叶泽站在斑驳的青石板桥上，看到远处的竹亭里似乎坐着一个熟悉的身影。

身影的主人看起来跟他年纪差不多的样子，有人唤她，可无奈离得太远，叶泽听不到。女生抬头望去，正对上那四月的暖阳，于是整个人笼罩在水波浩渺的光晕里，让人更看不真切。

会不会是苏然？

心中有了猜测，叶泽便快步往竹亭的方向跑去。可等到叶泽来到竹亭前，却发现早已没有那女生的身影。

或许是他晚上没睡好，所以才会认错人吧。毕竟这里是乌镇，苏然怎么可能在这里？

叶泽在心中自嘲道，然后跟着地图找到了此次入住的民宿。

时间回到昨天下午，提前关了店回来的叶泽刚一进门就被叶欣欣一声“surprise（惊喜）”吓到。

“什么‘surprise’？”叶泽摸了摸自己的胸口，给自己顺了顺气，问道。

“喏，给你这个。”叶欣欣一脸神秘地拿出了一个精致的小礼盒。

“这是什么？”叶泽纳闷，接着问道。

“送给你的礼物。”叶欣欣笑得很是灿烂，说道，“生日礼物。”

“扑哧……”叶泽也跟着笑了起来，纠正道，“我的生日不是还有好几个月吗？”

“没关系，我提前给你过生日。”叶欣欣朝他眨了眨眼。

“哪有人提早这么多天过生日的？”叶泽取笑她。

“哎呀，不管啦，反正你快收下我的礼物就是了。”叶欣欣佯装不耐烦，耍赖道。

“不行，你得说明白，我才收。”叶泽却不吃她这一套，拒绝道。

叶欣欣这才说出自己的真正用意，原来是她看着他最近太累，所以想让他暂时放下咖啡店的事，休息几天。

叶泽原本想要拒绝，叶欣欣却说已经来不及了。她让他打开礼盒，原来礼盒里是一张写着他名字到H城的飞机票。不仅如此，叶欣欣还默默帮他计划好了去乌镇的路线、订好了民宿，而且是没办法退订的。

于是叶泽只好接受叶欣欣的心意，简单地收拾了一下行李，当晚就出发了。

下了飞机后，叶泽没有在H城做过多的停留，而是直接坐汽车前往乌镇。到达乌镇的时候尚早，叶泽便想先逛逛再去民宿，所以才有了方才的那一幕。

十分钟后，叶泽顺利到达了民宿。

这家名叫琉璃阁的民宿，依水而建。无论是装修风格还是店内陈设都带着古色古香。

民宿老板领着他去了房间，没想到叶欣欣给他订的是一间风景房，打开窗户便能看到在碧波中荡漾的乌篷船。叶泽很满意，心情也跟着好了一些。

他放下行李，坐到窗边，给叶欣欣拨通了电话。

“哥哥……”

“欣欣，我已经到民宿了。”

“还真快呀。”

“嗯，房间我很喜欢。”

“太好啦！”

“欣欣，谢谢你。”

“不用，你是我的哥哥嘛。”

听到这样的回答，叶泽忽然间感到自家的妹妹似乎是长大了，懂得关心他了。

而电话的另一头，此刻的叶欣欣正笑得一脸狡黠。她没有告诉叶泽的是，之所以她会让他去乌镇，是因为先前她从电话里得知苏然这几天正在乌镇游玩。而选在琉璃阁民宿，也是因为苏然入住在这家。

或许下一秒，他们就能相遇了吧。

02

因为想要安安静静地拍几张好看的文艺风格的照片，天才蒙蒙亮，苏然跟加恩便出了民宿。这个时间，景区里还没有团客，商铺紧闭的古巷里几乎没有几个游客。两个女生穿过空空荡荡的长巷，来到了河边。

晨光渐露，柔和的光束照在女生的侧脸上，原本白皙的脸显得更为光泽。此时的苏然正闭着双眼安静地坐在一个旧旧的竹亭里，而不远处的加恩正举着单反给她拍照。苏然的状态很好，咔嚓咔嚓便一下子拍完了。两人从河边回到巷子里，打算去找吃的。

今天的行程是去西栅景区转转，听说西栅要逛一整天才能逛完，所以苏然和加恩拍完照吃完早餐便出发了。

西栅景区由12座小岛组成，70多座小桥将这些小岛连在一起，而在这些小岛上，有着形形色色富有创意的商铺。而这些店铺，便是苏然此行最重要的目的。之前她从叶欣欣那儿得知咖啡店的生意陷入困境，叶泽整个人也跟着陷入了低潮。

解铃还须系铃人。

她想帮他，那就要从根本问题上下手，而根本问题就是如何调整营销策略。

苏然跟加恩到达西栅景区的时候，景区的商铺已经开始营业。两个人走走逛逛，时间过得飞快。

“你看我们都走了一万多步了，我感觉早餐都已经被消化了。不如我们找家店先吃点东西休息一下吧。”加恩捂着肚子，苦兮兮地对苏然说道。

“行，我也有点饿了。你看看想吃哪家？”苏然问，语气里也透着一丝疲惫。

加恩的视线朝着街区的商铺扫了一下，最后停留在一家名叫“猫歌”的轻食店。大概是想起了自家的欧尼，她朝店名指了指，说道：“就这家吧。”

说罢，加恩便拉着苏然的手往轻食店走，走到店门口的时候，忽然停了下来。“猫歌”的门口用木头支架支着一块小黑板，黑板上写着每日供应的菜单。只是那菜单上，却写着一道让人看了觉得惊悚的菜。

“橘猫料理。”

“天啊，这老板也太黑心了吧，竟然拿猫来做料理？！”因为自己有养猫，所以当加恩看到这道菜的时候，怒意在心中骤然升起。“不行，我得去举报这家店。”

“你别冲动，说不定只是个噱头，并不是真的用了猫肉做料理。”看到加恩气冲冲的模样，苏然连忙安抚道，“我们还是先进去看看，再做行动。”

“好，听你的，要是老板真卖猫肉我一定要在网上曝光他，让大家都来抵制这家店。”加恩义愤填膺地走了进去。

当她们推开玻璃门，便看到好几只橘猫分布在店内。它们中有的窝在窗台懒懒地晒着太阳，有的在餐厅里悠闲地散着步，有的趴在沙发上玩着毛线球……眼前的景象，明明看起来是一副美好的模样。

“欢迎光临，两位。请问有什么需要？”老板的声音在耳边响起。

苏然循声看去，却发现声音的主人竟然是一个十分年轻的男生。

“嗯，我们想点一些吃的。”

“好，今天我们店的菜单是‘橘猫料理’，看两位喜不喜欢？”男生微微扬起唇角，笑起来的样子很是阳光。

“就要这个，两份‘橘猫料理’。”还没等苏然开口，加恩便帮她一起下了单。

“好的，稍等。”男生示意她们入座，然后转身去了厨房。

“我倒是要看看，这个老板是不是人面兽心！”加恩在苏然耳边小声地说道。

“嗯。”苏然应道，可是她的内心却隐隐觉得这道“橘猫料理”应该别有意味。

十分钟后，男生端着做好的料理从厨房里走了出来。当苏然和加恩打开盖的时候，却发现所谓的“橘猫料理”，不过是用三文鱼做的寿司以及抹茶虎皮卷。

“这就是‘橘猫料理’？”两个女生异口同声地问道。

男生点点头，答道：“对啊。”

“我还以为……”这简直让加恩大跌眼镜。

“以为是真的橘猫肉？”男生顺着她的话问道。

“对。”加恩一脸尴尬地回答。

“哈哈哈，怎么可能真用猫肉呢？”男生笑着说。

“所以为什么取名叫‘橘猫料理’呢？该不会是觉得三文鱼跟虎皮

卷的颜色跟橘猫的毛色花纹像吧？”苏然纳闷地问道。

“聪明，不过这是原因之一。真正的原因是，这周‘猫歌’的主角是橘猫，所以这周的菜都叫‘橘猫料理。’”男生边解释边把目光投向了店内的那几只可爱的橘猫身上。

“如果下周的主角是虎斑，那下周的菜单就叫‘虎斑料理’？”加恩问道。

“没错。”男生答道。

“原来如此。”加恩恍然大悟，她还想问些什么，却看到店里又进来了顾客。

“二位请慢用，我先去忙了。”男生礼貌地笑了笑，然后离开。

“苏然，我觉得这个创意还蛮有意思的。”加恩对身边的女生说轻声道。

“只是这样，受众不是会受到局限吗？毕竟并不是所有顾客都喜欢猫。”虽然猜到这可能只是个噱头，但苏然仍然有疑惑。开在景区里的店，租金、水电各种开销都比学校附近的店要高，必须要有足够多的顾客才能支撑得住。

“表面上看，‘猫歌’放弃了不喜欢猫的那一部分顾客。但因为它的独特性，很容易就让喜欢猫的那部分顾客变成‘死忠顾客’，这样店铺的回头率和顾客的传播力是比那些普通的店要高得多的。再加上这个噱头，也会有好奇的普通顾客抱着试一试的心态进来的。”

加恩想了想，分析道。

“你说的好像挺有道理的。”苏然点点头，认同道。

接下来的时间，加恩用心地享用自己的料理。而苏然吃着吃着，心中便生出了一个念头，她好像想到改善咖啡店生意的办法了。

03

不同于一般的水乡，西栅的夜晚没有千篇一律的红灯笼，有的是旖旎的各色花灯。桥下的艄公划着乌篷船从水面悄然划过，只留下一丝光的轨迹。

见到这般美丽的夜景，叶泽在桥上立起了三脚架。只是还没等他开始拍摄，便被莫名闯入的一个女生给打断。

“叶泽？”看清面前的男生后，女生的语气由惊讶转变为欣喜，“你怎么在这里？”

“加恩！”叶泽也感到惊讶，怎么在乌镇还碰到熟人了？

“我来玩几天。你呢？”

“我也是啊。”

“你一个人？”

“不是，我跟苏然一起来的。”

“苏然？她也来了？她现在在哪儿呢？”

“她刚才吃过晚饭便坐车回H城了。”

“这样啊。”

所以，他和苏然这是错过了。

叶泽的脸上透露出淡淡的失落，加恩看在眼里，她知道他是为自己跟苏然的错过而难过了。于是，加恩决定自己要再当一次红娘。

“叶泽，你是不是还在跟苏然冷战着？”加恩问道。

“没……”叶泽想了想，又改口道，“算是吧。”

“我跟你说，现在苏然已经不生你的气了，你赶紧地主动去找她，她会跟你和好的。”加恩劝道。

“真的吗？”叶泽对于加恩说的这番话有些怀疑，毕竟之前自己三番五次去找苏然，都被苏然置之不理。

“我骗你干什么。”加恩说。

“为什么她会突然原谅我？”叶泽却还是不依不饶，他想知道这中间是发生了什么才让苏然的态度有了180度的转变。

“那你知道她为什么会生气不？”加恩反问道。

“因为我冤枉了她吧。”叶泽回答，语气里带着一丝懊悔。

“对，不过这只是其中一个原因，真正的原因是……”

“是什么？”

“是你的心意。”

“我的心意？”

“没错，因为你的心意一直没有表明。你是喜欢还是不喜欢她，你没有明确地表达出来，让她一直暗自猜测，这样很累的。”

听到加恩的话，叶泽才明白为什么这次苏然会生这么长时间的气。他没有让她明白自己的心意，没有给她足够的安全感，甚至于还表现出不信任她……

“其实你是喜欢她的吧。”加恩直直地看着他，说道。

“嗯。”叶泽点点头。

“那为什么不告诉她呢？”加恩疑惑地问道。

为什么一直没告诉苏然呢？

之前因为叶欣欣突然受伤他抛下她间接害她受伤，让他自责不已，他怀疑自己没有能力同时照顾好两个女生。

一边是自己的妹妹，一边是喜欢的人。

手心手背都是肉，叶泽一个也舍不得放下。他想着等妹妹身体状况再恢复一点，等自己能独立经营好一份事业，才去跟苏然说出自己的心意。他觉得那个时候，他才有资格去拥有她的爱。却没想到，自己的犹豫反而伤害了苏然。

不仅仅伤害到了苏然，当他在门外偷听到叶欣欣对林轩说的话时才知道，原来叶欣欣也并不开心。

所以他踟蹰不前，不知道该怎么做才能把两边都平衡好？

“她不是已经跟林轩在一起了吗？”叶泽垂下了眼眸。

“她要是真跟林轩在一起了，就不会今晚坐车回去了。”加恩笑了笑，无奈道。

“苏然这么匆匆忙忙回去，是因为白天我们逛街的时候，她突然从其他店铺的经营模式里获得一个灵感，她想到一个或许可以解决咖啡店困境的方法，于是立马买了车票回去找你。”

“找我？”叶泽简直不敢相信，明明自己惹她生气了，她竟然还时时刻刻惦记着他的咖啡店。

“是啊，原本说好是我们一起旅行的，这姑娘却‘有异性没人性’，把我扔在这儿，自己回去找‘情郎’了。”加恩故意谴责道，眼角却带着笑意。

听到“情郎”两字，叶泽不自觉脸红起来。他说：“对不起，不管怎么说‘罪魁祸首’都是我。”

“知错能改就好，时间不早了，我得回民宿了。”加恩摆摆手，准备离开。

“我送你吧，你住哪个民宿？”叶泽边说边收拾好三脚架跟相机。

“东栅的‘琉璃阁’，你呢？”加恩随口说道。

“‘琉璃阁’？”叶泽以为自己听错，于是再次问道。

“嗯。”加恩点点头。

“我也是。”叶泽笑了笑，说道。

“还真是巧了。你跟我们竟然住一间民宿！可惜苏然提前走了，回头我得跟她说说。”加恩走在一旁，很是惊讶地说道。

叶泽却没有搭话，因为他大概明白这次的旅行并不是巧合了。

04

回到民宿后，叶泽一个人躺在床上思考了很多。他忽然间明白，之所以造成今天这样的局面，归根到底是因为他自己还不够成熟，面对感情还不够坚决果断。他缺乏一份自信，一份可以同时保护两个在乎的女生的自信。

可今晚，加恩对他所说的关于苏然的那些事，给予了他这份自信。

于是，第二天天一亮，叶泽便拨通了叶欣欣的电话。

“哥哥，早安。”叶欣欣甜甜的声音在耳边响起。

“早安，欣欣。我有话想跟你说。”叶泽开门见山说道。

叶欣欣却像是心里早有准备般，淡淡地回应道：“嗯，你说吧。”

“对不起，欣欣，一直以来我都没有很好地照顾到你的心情，让你难受了。”叶泽忽然道歉道。

“没有的事，哥哥这是怎么了？”一开始，叶欣欣以为叶泽是要说苏然的事，却没想到竟然听到他在跟她道歉。

“抱歉，之前你跟林轩说的话我都听到了。我知道你是因为担心我离开你，所以才做了一些针对苏然的事情。”叶泽解释道。

“关于这件事，该道歉的应该是我才对，哥哥没有做错，是我之前太小心眼、太自私了。”叶欣欣也跟着道歉。

“所以你想帮我跟苏然来一场偶遇？”叶泽笑着问道。

“嘿嘿，你发现啦。”叶欣欣回答道。

“嗯，不过我们错过了。”叶泽说。

“啊？明明我帮你连住的地方都是跟她订的同一家民宿。”叶欣欣还以为自己的计划万无一失。

“没关系。不过，欣欣，接下来我要跟你说一件很重要的事。”叶泽说道。

尽管看不到哥哥的表情，但从语气里叶欣欣也能听出此刻的他有多认真。

“嗯。我听着呢。”

“欣欣，从小到大，你都是跟我最亲近的亲人。以前是因为爸妈总是出差，而现在我们都成了彼此唯一的亲人。你是我的亲妹妹，所以不管发生什么，我都会照顾你的。”

“嗯，我知道的。”

“无论是我谈恋爱了，还是以后结婚有了自己的家庭，我都不会抛下你。”

“我相信你。”

“之前我因为胆怯和懦弱，伤害了苏然，等到后来我才明白，苏然对于我来说，也是跟欣欣一样重要的存在了。所以，欣欣，哥哥现在想去把她追回来，你同意吗？”

“当然同意啊。”

“欣欣不会生气？”

“当然不会啦，苏然要是成了我嫂子，那就多一个人照顾我了，这不是好事吗？”

“你真的这么想？”

“千真万确。好啦，哥哥你快点行动，不然苏然跟别人在一起了你哭都没用了。”

“好……”原以为叶欣欣会纠结的叶泽，对于她的反应有些不太适应。“那我先挂了。”

“嗯，早点回来，有惊喜等着你。”叶欣欣笑嘻嘻地说道。

05

H城。早上苏然从车上一下来便赶回了宿舍，她也顾不得休息，想要尽快把自己的想法写下来。只是当她写好方案想要去找叶泽的时候，却被告知他并不在这座城市。

“这样啊，那我等他回来再去找他讨论吧。”苏然垂下头，语气略显失落。

“嗯，他明天就会回来了，我想要去机场接机，苏然姐姐你能不能帮我一下？”叶欣欣软糯的声音从手机里传了出来。

“姐姐”？叶欣欣竟然叫她姐姐，这是在向她示好吗？

“没问题。反正明天我也没什么事，你要几点出发？”苏然顿了一下，接着说道。

“上午十点。”叶欣欣看了一眼叶泽发来的航班信息，说道。

“好的。”

“那咱们明天见。”

“嗯。明天见。”

挂掉电话，叶欣欣连忙给林轩发了条微信，告诉他已经成功约到苏然。林轩见到信息，立马明白了叶欣欣的意思。

隔天一大早，叶泽便登上了飞机。虽然航程不过两个小时，但他却有些迫不及待了。他已经重振了信心，打算回去重新整理咖啡店的事宜。在飞机上，叶泽认真思考着跟苏然和好的方法。

上午十点半，叶泽推着行李从通道里走了出来。令他没想到的是，他竟然在接机的人群里看到几个自己熟悉的面孔。

叶欣欣、苏然、林轩，他们三个竟然都来了。

看到叶泽出来，林轩推着叶欣欣立马迎了上去，苏然也急忙跟着走向前。

“哥哥，欢迎回来。”叶欣欣笑得一脸灿烂地说道。

“谢谢你的惊喜。”叶泽放下行李，给了叶欣欣一个大大的拥抱，他以为这就是叶欣欣在电话里所说的惊喜。

“不不不，真正的惊喜在后面。”说着，叶欣欣朝叶泽眨了眨眼，用手指了指后方。

叶泽站起身来向叶欣欣身后的女生看去，刚好撞见她那双琉璃般的眼眸。他朝她走过去，然后说道：“谢谢你能来。”

“嗯。”苏然轻轻应道。

千言万语在心中，叶泽却不知如何开口。两人就这么各自站在原地沉默了几秒。

这时，叶欣欣朝林轩使了个眼色，然后神情忽然变得痛苦，捂着腹部小声喊了出来：“好痛……”

叶欣欣的异样立即引起了叶泽和苏然的注意，两人同时朝她走过来。而下一秒，林轩突然伸出右腿轻轻绊了一下苏然，苏然没有防备，整个人失去了重心。

“啊……”伴着一声惊呼，苏然朝地面摔去。

叶泽眼疾手快地接住了她，苏然再一次地陷入这个温暖的怀里。心中的小鹿四处乱撞，连呼吸也变得急促起来，苏然的脸上不自觉地染上一抹绯色。

“你还好吧？”叶泽的神情里透着一丝担忧。

“嗯。”苏然轻声应道，低下了头。

“在一起！在一起！”耳边忽然传来一阵起哄声，叶泽看到附近的路人正投以鼓励的笑，而自家妹妹则鼓着掌，他才意识到自己此刻正紧紧地抱着苏然。

于是，待苏然站稳，叶泽便松开了手，退到了一旁。

“欣欣，你怎么了？”苏然想起刚才叶欣欣痛苦的声音，关心道。

“没事，没事。”此时的叶欣欣却笑得一脸轻松，仿佛方才捂着腹部喊痛的人并不是她。

“真没事？”叶泽也问道。

“千、真、万、确！”叶欣欣一字一顿地回答。

“嗯，那我们先回去吧。”叶泽拉过行李箱，说道，“林轩，麻烦你帮我推下欣欣。”

“糟了，我要跟林轩去画展了，我晚点再回家，先走了，拜拜。”说罢，叶欣欣偷偷地扯了扯林轩的衣角。

“对哦。我差点给忘了，那我们先走了。”说罢，林轩便推着叶欣欣离开。

“这姑娘，明明说是来接机的，怎么就这样跑了？”叶泽佯装一副疑惑的表情，心下却对叶欣欣的行为十分了然。

他们这是在给他和苏然制造单独相处的机会呢。

“那……我送你回去吧。”苏然忽然开口道，“反正，我也有事情要跟你说。”

“关于咖啡店的事吗？”叶泽小心翼翼地问。

“嗯。我想了一个新方案，想跟你讨论讨论。”苏然回答。

“好，我们边走边说吧。”

06

三个月后，叶泽的咖啡店因为每日只提供一种套餐而在M市火了起来。有的人说这家店是“选择困难症候群”的福音，也有人说这家店的老板一定是个很任性的人……

为了感谢苏然的创意以及叶欣欣的参与，叶泽打算带她们去登山露营。苏然欣然同意，叶欣欣却表示必须要叫上林轩她才肯赏脸。

想到叶欣欣最近的改变以及跟林轩的互动，叶泽一下便明白了她的用意，于是他邀请了林轩四个人一起出游。

出发这天，因为白天苏然和林轩还要上课，于是他们约定黄昏的时候在山脚下碰面。叶泽带着叶欣欣早早地到了山脚，看到苏然和林轩出现在视线中的时候，兄妹俩的心脏都怦怦加速起来。

因为他们俩今晚都有十分重要的任务。

好在叶泽有提前做准备，四人赶在天黑前登上了山顶。到达山顶后，苏然和林轩叶泽三人开始一起筑帐篷，而叶欣欣则准备起晚饭来。

“好了，帐篷弄好了。”没过多久，林轩便说道。

“我这边也弄好了。”叶欣欣笑了笑，对着林轩和苏然招呼道，“你们快过来吃饭吧。”

“好。”苏然应道。

可等到她坐下，却发现餐布上竟然只有餐具没有食物。

“欣欣，你叫我们吃饭，可是饭呢？”苏然一脸疑惑地问道。

“饭啊，等等……”叶欣欣一脸神秘地回答。

“不对，叶泽怎么不见了？”苏然忽然发现身边少了一个人，可她话音刚落，却听到有人唱起了生日歌。

“祝你生日快乐……”

“喏，哥哥不是在那儿吗？”

苏然顺着歌声看过去，此时叶泽正捧着一个精致的生日蛋糕缓缓向她走来。

“祝你生日快乐，祝你生日快乐。”叶泽走到苏然面前，笑着对她说道，“生日快乐，苏然。”

“谢谢，不过你怎么知道……”

“嘿嘿，是我透露的……”林轩偷笑道。“苏然，快吹蜡烛许愿吧，我快饿死了。”

“好。”苏然听话地闭上了双眼，开始在心中许愿。等到她许完愿，睁开眼，却看到叶泽正目光灼灼地看着她，接着她听到他说：

“苏然，我喜欢你，你可不可以做我的女朋友？”

面对这突如其来的告白，苏然整个人都呆住了。

“之前因为我的犹豫我的懦弱，让你一次次生气难过，我很抱歉。当你离开我的身边，我才发现原来你已经不知不觉住进了我的心里。如果可以，我希望你能再给我一次机会。”叶泽勾起唇角，看着她的目光温柔得像是要把她融化。

尽管之前在“第37个故事”看到了叶泽的心意，可当苏然听到叶泽亲口说出来的时候，她还是感觉自己被巨大的幸福感包裹起来。

“欣欣，你觉得我要不要给他一次机会？”苏然看了看一旁的叶欣欣，她想得到她的认可。

叶欣欣却一脸期待地点了点头。

“好，那我就看在欣欣的……”苏然话还没说完，就感觉自己的唇被人堵住了。

看到这甜死人的一幕，林轩羡慕嫉妒却没有丝毫的恨意。尽管最终自己也没能跟苏然在一起，但她得到了属于自己的那份幸福，他的心中只有欢喜。他想，终究他也会找到属于自己的那份幸福。

林轩转过头去，却发现此时叶欣欣正一瞬不瞬地看着他。女生的眸子里倒映着星光，他看到她弯了弯唇角，柔声说道：“林轩，我喜欢你，你可不可以跟我在一起？”

（全文完）